# 父母如花

李进祥　著

黄河出版传媒集团
阳　光　出　版　社

图书在版编目（CIP）数据

父母如花 / 李进祥著. —— 银川：阳光出版社，2021.12
ISBN 978-7-5525-6171-5

Ⅰ. ①父… Ⅱ. ①李… Ⅲ. ①散文集－中国－当代 Ⅳ. ①I267

中国版本图书馆CIP数据核字（2021）第256224号

父母如花　　李进祥　著

责任编辑　赵维娟　林　薇
封面设计　赵　倩
责任印制　岳建宁

黄河出版传媒集团 阳光出版社 出版发行

出 版 人　薛文斌
地　　址　宁夏银川市北京东路139号出版大厦（750001）
网　　址　http：//www.ygchbs.com
网上书店　http：//shop129132959.taobao.com
电子信箱　yangguangchubanshe@163.com
邮购电话　0951-5014139
经　　销　全国新华书店
印刷装订　山东新华印务有限公司
印刷委托书号　（宁）0022781

开　　本　787mm×1092mm　1/32
印　　张　7.125
字　　数　150千字
版　　次　2021年12月第1版
印　　次　2022年8月第1次印刷
书　　号　ISBN 978-7-5525-6171-5
定　　价　42.00元

# 目 录

## 第一辑 人生俗事

## 第二辑 读书论事

## 第三辑 评文说事

## 第四辑 谈作说己

# ·第一辑 人生俗事·

# 父母如花

工作调到银川，家也随后搬过来了，但同心那边的房子没敢卖掉。一是怕没有房子，就失了根基；二是父母还在，房子留着，回去看他们方便些。父母都上了年纪，到了病多的时候了，随时需要照顾。调动工作，我本来就很犹豫，人到中年，拖家带口的，确实不想再动了。可正好女儿大学毕业，要在银川就业，儿子也准备在银川上学，我这才下定了决心。我征求父母的意见，父母说，他们的身体好着呢，叫我不要管他们。我知道，父母是怕影响了我的前程。我调到银川，不是为了啥前程，主要是为了儿女。在父母和儿女之间，我选择了后者。人大概都这样，可有时候想想，觉得有些后怕：我随着儿女到了银川，等他们将来有了孩子，会不会又随了孩子去，把我丢到银川呢？真要那样的话，我就回同心老家。

搬家的时候，家具灶具基本没动，衣物也是拿了一半，留了一半，想着随时回来就能吃饭睡觉。养的十几盆花，拣最喜欢的带了几盆，还有几盆娇贵些的，让亲戚朋友抱去了，几盆耐旱、皮实的仙人球、牡丹吊兰啥的，就留在屋子里，屋子里得有点活物儿。只是担心长时间没人管，它们不知能不能活下来。

刚搬过来，我和女儿上班，儿子上学，我们三人都感觉不明显。妻子没工作，一个人在家，邻居也都不熟，就心慌，隔两三个礼拜就要回一趟老家。我有时也陪着回去，回去看看两头的老人，见见亲戚朋友，也收拾收拾屋子，给花浇点水。留下的那些花确实皮实，两三个礼拜没人管，它们一直都活着。后来慢慢地，妻子在这边也习惯了，我与同心那边的联系也淡了些，回去的次数就少了。一个月、四十天，有时甚至两个月才回一趟老家。屋子里的花虽然皮实，但那么长时间不见水，都蔫巴了。仙人球肚子瘪了，牡丹吊兰的叶子蜷了。赶紧浇点水，过几天，它们又缓过来了，叶子舒展了，显出光泽来，叫人看着有些欣喜，有些不舍。临走的时候，尽量给花盆里多浇些水，想着让它们能多耐些日子。它们能有啥办法呢？不会说话，不会抱怨，只能自己耐着。

父母也很少抱怨过，我回去了，他们就高兴得很，赶着给我做好吃的，临走的时候还要给我装上些家里的土产，说银川城里买不到，还说我住得远了，回一趟不容易，能拿就多拿上点。那些东西都是父母自己种的，他们还种着几亩地，养着几头牛。我劝他们不要再种地养牛了，父亲有退休金，花销够了。

但他们说，干点活，身体好，闲下来，反倒生病。我只能劝他们少干点，不要累着。他们应着，但我知道，干惯了活的人，根本闲不住。人闲不住，心也闲不住。老家那边还有三个弟弟，虽然都已成家，但父母少不得要操心。尤其是小弟弟，和父母在一个院子里住着。小弟弟经常在外面，带人包工干活。家里婆姨娃娃、种地浇水啥的，全都是父母给管着。管着管着还管出了矛盾，弟媳妇打骂孩子，父母就不高兴。弟媳妇撒懒不好好干活，父母也不高兴。我回去了，耳风里听见他们互相抱怨。弟媳妇抱怨父母把娃娃惯得不成样子了，父母抱怨弟媳妇太懒不好好扒光阴。我只能两头劝解。母亲对弟弟的孩子的确有些溺爱，但他们疼过了儿女，又疼孙子，怎么忍心责怪呢？他们一辈子劳苦，把光阴看得太重，想着叫儿女的日子过到人前，也是为人父母的常情。

父母七十多岁了，还种田养牛，也是为我们着想，不想拖累儿女。七个儿女，我走得最远。我是长子，照顾父母上，却做得最少。隔一两个月，回去看一次，再就是打电话问问。打电话过去，他们总是说，家里好着呢，身体好着呢，叫我不要操心。时间长了，不见我的电话，他们也打电话过来，问我工作好着没，问孩子学习好着没。儿女是他们的扯心，孙子也是他们的扯心。有一回打电话过去，父亲的声音很虚弱，我问咋了，他遮遮掩掩地不说。我再三问，他才说，住了十几天医院，刚出院。我追问啥病，他说没啥大病，七十多的人了，各处的毛病就多了。我责怪他住院也不给我说一声，他说知道我忙，怕影响我工作。那一段时间我确实有些忙，仔细一算，两个多月没回去了。赶紧请假，收拾了回家。

冬天日子短，车到同心县城，天已经快黑了，只能先到自己的房子去住。打开门，一股呛人的味道，开灯一看，到处都是尘土。这地方秋冬风沙多，但这么厚的一层尘土，还是让我有些心惊。落满尘土的屋子显得有些陌生，好像多年都没有回来过了，这也让我感到心惊。尤其是看到阳台上的几盆花，几乎都死了。那么耐旱的仙人球，就剩下一张空皮，连尖刺都萎缩了。牡丹吊兰的叶子也枯黄了。我赶紧接水，给几盆花都浇上了，但看到满盆黄叶，我觉得它们大概是救不活了。扫地、擦灰，忙乎了一个多小时，屋子才有了点熟悉的模样。歇缓了一会儿，又想起看那些花。仙人球大约是死了，牡丹吊兰也看不出一点儿生气。养花多年，我知道牡丹吊兰有个特性，缺水的话，先从梢头上枯萎，把水分往后传递，牺牲枝梢，保护根脉。我把吊在花盆外面的枯枝剪掉，把花盆里面的枯叶捋掉，这才看到，在靠近根部的地方，果然还有些枝叶残存着绿意。我心里也泛起一丝希望。我小心地把枯枝烂叶收拾干净，又给花盆里浇了点水。我坐在花盆边，静静地看着，心里生出一种亏欠，对这些花，还有父母家人。几个月都不回来一趟，父母心里一定抱怨我了。

回到家里，父母并没有一点儿怨气，还是一脸的笑。父亲带着病容，也笑着，说没啥大病，已经完全好了。他们越是这样，我心里越难受。我在心里下决心，这回多住几天，陪他们说说话，带他们再到医院查查。

住了两天，跟父母说了很多话，都是些家长里短的事情，还有邻里矛盾、家庭纠纷。以前，这样的事，父亲自己就处理了，很少给我说。他说出那些话来，说明他已经无力解决了，我感受到他的无力和无奈。父亲真的老了。母亲的腰也佝了，直不起来。她还是忙里忙外的，一会儿喂牛，一会儿收拾院子。看着她佝偻着腰进进出出的样子，我心里特别难受。那两天，我尽量多帮他们干活，跟他们说话。他们倒显得有些过意不去，说我回来几天了，工作上的事情咋办。我说，没啥事。我说要领他们到县医院再查查，他们说啥也不去，说好好的，有啥查的。到第三天，单位上来了电话，父母就催促我走，说工作上的事，给人家不要耽搁了。我说没啥大事，但父母反复催我，我就走了。临走的时候，母亲看着光秃秃的菜园子，有些失望。这个季节，没有黄瓜、西红柿、玉米棒子啥的，但母亲还是从地窖里刨了些洋芋，给我拿上。地窖深，口又小，母亲手上、身上沾满了土。回去要倒好几次车，半袋子洋芋不好拿，但看着母亲的样子，我咋能不拿呢？提着半袋子洋芋，先坐蹦蹦车，后打出租车，再坐班车，又坐公交车，手里沉甸甸的，心里也沉甸甸的。

回到县城房子里，忙忙地先看那几盆花，它们居然活过来了，枝蔓返青了，叶片舒展了，虽然剩下很小的一部分，但毕竟活着。我赶紧又给它们浇了点水，弥补亏欠似的。临走的时候，又浇了一次水，希望它们能坚持更长的时间。二十多天后，我再次回去时，它们不光活着，还绿满了盆。

这以后，我不敢再大意，计算着每个月都要回一趟老家，去看看父母，给几盆花浇点水。我实在抽不开身，就让妻子回去。还有女儿、儿子，放假了，也轮流回去，这样也就增加了回去的次数，每月都有人回去。如今，搬到银川已经四年了，老家屋子里的那几盆花一直都葱郁地活着。我的父母也健康地活着。

花活着，屋子里就有生气，每次开门进去，就有回家的感觉。小住几天，心里感觉到一种慰藉。有朋友来访，看到屋子里的花还活着，都很惊讶。我说，每月都回来浇水，他们更惊讶，还笑我脑子进水了，每月回一趟，车费就一百多，几年下来，花费几千块，买满屋的好花都够了，就为几盆破花。

那的确是几盆很普通的花草，名叫牡丹吊兰，却没有牡丹一样的花，也没有兰花一样的叶子，只有肥厚笨拙的叶片和稀疏细碎的小花。花实在是太小了，花瓣不能成形，只是些花丝，放射开来，形成紫色的花；黄色的花蕊更细小，蜜蜂很显然不能给它传粉，须更小的蚊虫才行。传粉也没有意义，它根本就不结籽实。它也用不着结籽，剪下一段枝条，随便插进土里，就能成活，并发成一大盆。为这样几盆花，每月跑回去一趟，确实有些不值。但如果因为心灵、乡情、根脉这些的话，就无法计算值与不值了。更何况，回去看花只是个由头，主要还是看望父母。父母在的地方，那才是真的根脉故乡。

父母双全，对儿女来说是一种福分；父母健康，对儿女更是福分。可惜的是，我们往往不知这种福分。我们忙工作忙事业，忙家庭忙孩子，忙交际忙应酬，有时甚至是忙着游山玩水，忙着侍弄花草。花草无知，但需要经常浇水施肥。花草也有灵，缺少了呵护的心、关注的目光，也会少了生机。有时想想，父母真如花草一样，对我们无所求，但也需要我们时常回家看看，陪他们说说话。

养几盆花，最普通最耐旱最皮实的那种花，给花浇水的时候，就想着看看父母，在侍弄花草的时候，就想着侍奉父母。

# 家有“三只猴”

我生于1968年，属猴。中国老百姓一般认为，人的属相生辰与个性命运都有些关系。但在我，好像不是很准确。我属猴，却少有猴性。我长得老相，行动笨拙，口齿木讷，的确与猴子的聪慧、机敏、灵巧有些不符。倒是生辰与我的作家职业有些关系。我生于农历四月初四，家乡有句顺口溜“四月四,一个铜钱四个字”，似乎预示着我写四个字换一个铜钱的宿命。

儒家文化对我们每个中国人的影响都很深。生肖文化比儒家文化还要古老，对我们每个中国人的影响也很深。只是儒家文化更多流淌在知识分子的血液中，生肖文化更多扎根在民间土壤里。比如婚配，老百姓讲究属相之间有相生相合，也有相冲相克，如子鼠与丑牛六合、与午马相冲，午马与未羊六合、与子鼠相冲等。也就是说，属鼠的最宜找个属牛的对象，属马的最好别与属鼠的相爱。属相相合，婚姻和美、事业兴旺；要是属相不合，就会一生不幸、多灾多难。不单单属相要合，还须生辰八字、五行相合。这样严格要求下来，就给婚恋设置了不少障碍，很多有情人因此不能成为眷属，古代有不少爱情悲剧就是这样造成的。当然了，现在人已经不太讲究这些了。

我属猴，按说最宜找个属蛇的对象，我却找了个属猴的。妻子比我小半岁，也属猴。妻子是我老师的女儿，随她父亲到我们村。我和妻子一起长大，一起上学，算是青梅竹马。妻子小时候倒有些机灵劲儿，会跳舞，不是啥严格意义上的舞蹈，就是老师编，学生跳，曲子是《北京的金山上》《走向打靶场》之类的，紧跟形势。农村孩子都笨拙些，简单的舞蹈动作也做不好，妻子算是跳得最好的，常被老师叫到前面，给其他人做示范。我也是跟着她学会的，为此，她在我面前优越了好些年。后来村上来了马戏团，演员们打倒立、翻跟头，村上的孩子都跟着学。妻子翻跟头很灵巧，侧手翻能连着翻出十几个，车轮子旋转一样。我就不行，只能翻出两三个，妻子为此也笑话我。妻子小时候还会跳个舞、翻个跟头啥的，长大后，性子缓慢了，动作也笨拙了，看不出一点儿“猴形猴性”了。我们“两猴结缘”（猿），婚后也还算相安，偶有口角发生，但还不至于互相龇牙咧嘴、抓耳挠腮的。如今一起生活二十七八年了，孩子都大了，我们两只老猴也越来越相敬如宾了。

长子生于1993年1月，按阴历算也属猴。他本应该属鸡，八个月早产，就占了几天猴。因为早产一个多月，没发育好，儿子生下来非常瘦小，皮肤皱巴巴的，满身满脸的细绒毛，简直就像个猴娃子。怕有早产风，大夫给开了针剂。护士给他打针的时候，只有揪起皮肤，才能扎上针。新生儿也能感觉到疼，哭起来，哭的声音也像猴娃子一样。看着孩子的模样，我有点担忧，怕他长大了，还是个毛猴样。我问大夫，大夫说，胎儿在子宫里生长的过程，和人类发展演变的过程一样，七个月的时候，正是“猿猴”时代，胎儿身上会长出胎毛，一般到八个月，胎毛就脱了。这孩子因为早产，胎毛还没脱，等胎毛脱了，就好了。听大夫这样说，我才放心了。儿子满月后，果然脱了一层胎皮，身上脸上的胎毛也一起脱掉了，这才看着像个孩子了。儿子算是真正经历了“由猴到人”的转变。尽管模样变人了，但猴性似乎还在，他小时候性急、好动、爱野跑，稍不注意，他就跑到大街上去了，跑丢了好几次。上学后，听课坐不住，小动作不断。老师说，孩子怕是有多动症，叫我们领着去看看。到医院看了，大夫说是缺锌，开药补了，还是照样。他自己的玩具、家里的钟表、电视遥控器啥的，也常被拆成一堆。好在拆散乱了，他还能装起来。也因为这样，考大学的时候，我们就给他选了机械与自动化专业。上大学以后，他也慢慢变得沉稳了，猴性才慢慢脱掉了。小儿子虽不属猴，但小时候同样顽皮，也是到上了大学才稳重了。也许不管属啥，每个人都有从猴性到人性的蜕变。

一家三个同属相的，这大概不是很多，尤其是现在的人，结婚晚，孩子少，这样的概率更小。我们一家三个属猴的，也是一种缘分、福分。有俗语说，“家有三只猴，吃穿不用愁”。

意思是家有三个属猴的，就会家道殷实，不愁吃穿。这也算是一种吉祥话、祝福语吧。猴年将至，也该给读者朋友送上祝福。妻子姓金，真还是只金猴；我名中有个祥字，沾点祥瑞；儿子叫乐山，名中有个乐字，算是快乐。我们就祝福大家金猴献祥瑞，盛世同快乐。

# 儿女的路

女儿高考的时候，我没怎么在意。从小学起，女儿一直是班级最优秀的学生。初中毕业升高中的时候，考了全县第三名。首府银川的几所重点中学到县上挖优秀生源，争着抢着给女儿发录取通知书。前三名中的其他两个学生，一个家庭条件差些，选了助学金高的学校；另一个孩子自己做决定，选了全区最好的学校，那所学校每年都考好几个北大、清华。那所学校里，全是银川城里的孩子，条件都很好。我家的条件很一般，我怕孩子心理上受到影响，最终还是放弃了，选了一所主要招收山区学生的学校。人以群分嘛，条件差不多的孩子在一起，心理上要放松些、随意些。

女儿在高中前两年，果然很放松，成绩也不上不下的。妻子着急了，电话上嘱咐，假期回来催促，还埋怨我不管。学校也有些着急，老师打电话要我给女儿做工作，还专门把我找到学校“约谈”。我心里并不着急，一是相信女儿，知道她能学好；二是疼爱女儿，怕她学得太累。我一边应承着妻子和老师，一边给女儿说，身体第一，品质第二，成绩第三，考个大学就行。说是这样说，心里还是想着女儿能考上个好大学。

高三第一学期，女儿成绩上来了，但并不显山露水。老师还是敏锐地感觉到了，又找我到学校去。这次不是约谈，而是打气。老师给我打气，要我给女儿打气。我本想给女儿说说，但见了女儿，看到她瘦瘦弱弱的样子，就不忍心说了。

女儿期末成绩又提高了，全校排十几名。成绩单拿回来，妻子看了，有点喜出望外，似乎鼓起了大的期望，天天督促女儿复习功课，做寒假作业。女儿那一段时间跟妻子的关系不好，妻子越是督促她，她越是逆反。一个寒假，睡觉、看电视，并没有下功夫学习。妻子没办法，就嚷嚷着叫我管女儿。我嘴里应承着，但心里对女儿的成绩已经很满意了，不想给她再施压。

学校方面却给成绩好的学生施加了更大的压力，高三第二学期开学，把年级前四十名的学生单独编了一个班，选最好的老师给他们上课，加课加时。我当过多年老师，知道学校这样做也是没办法。上面要考核，学校之间要竞争，还要争取好生源，成绩最有说服力。老师也一样，学生成绩与他们的奖金、职称等挂钩，与他们在学校的地位、社会上的声誉有关。

老师打电话又约我去谈话。这回的意思是要我们家长尽量能陪读，说是有些孩子家长在学校附近租了房子陪读，还有的找了家教重点辅导。我工作忙，没办法陪读，妻子还要照顾上初中的儿子，离不开，陪读的事只能作罢。我带着歉意地把情况给女儿说了，女儿倒是很干脆，说不需要我们陪读，也不需要家教。

没有陪读和家教，女儿的成绩却越来越好，冒到了全校第五名、第二名，老师打电话专门给我报喜，还给女儿发奖学金。报喜和奖学金，是肯定，也是激励，目的还是为了更好的成绩。我的心里并没有鼓起更大的期望，女儿也还是不紧不慢地学着。考前最后一次模拟考试，女儿考了全校第一名，各科成绩很均衡，数学还考了满分。

高考前两天，我和妻子专门赶到银川，为女儿助阵。可只待了一天，女儿就叫我们回去，说我们在，她感到有压力。我看到女儿的确有压力了，饭吃不好，神情也有些不好。为了不给女儿更大的压力，我们只好回去了。临走前，妻子给女儿嘱咐了又嘱咐，女儿厌烦地说，我都知道，你们走吧。看到女儿的神情和态度，我心里有些不安。

考完第一场，中午打电话问，女儿说，就那样吧。女儿每次考完，都那样说，我们就没在意。下午考完数学，电话没打通。想着数学是女儿的最强项，也就没在意。第二天早晨六点多，接到女儿的电话。女儿在电话中哭着说，数学考试答题卡没有填涂，她哭了一夜。我一听坏了，赶紧安慰女儿，说答题卡没涂，丢二十分不要紧，说考不好了明年再考。我当时的话一定也有些语无伦次，但总算叫女儿止住了哭声。挂了电话，我和妻子赶紧搭车往银川赶。

赶到女儿的考点门口，看到两边街道上满是神色不安的家长，都在等着孩子。我就感觉有些后悔，不该听女儿的话，跑回去。高考是女儿人生中的大事，我们父母不在身边，真有些不应该。中午见到女儿，我和妻子的神情也讪讪的。女儿有些欣喜又有些责备地说，你们咋又来了？我们安慰她，她说，没事了。说是这样说，女儿的神色乏乏的。我知道，女儿这样的精神状态，会影响后面的考试，就反复地安慰她，直到她都皱起了眉头。

女儿最终没有考好，上了上海交大。没能进北大、清华，女儿好像并不在意，但学校老师很失望，我和妻子也有些遗憾。对女儿的上学，我们放得有点松了。

吸取女儿的教训，对儿子，我们就改变了态度。妻子监督儿子做作业，限制儿子看电视。我工作忙，但也经常问他的成绩，还打电话到老师那里证实。儿子成绩下降了，我就不给他好脸子，考差了，狠狠地训斥。中考前，给他报了几个辅导班，化学、英语、数学都补过了，但儿子的中考成绩并不理想，没进银川的重点中学。我没办法，就在县城选了一所最好的中学、一个最好的班级。

之后不久，我就调到宁夏作家协会了。我在银川没有房子，只能留下妻子照看儿子上学。我一个人到银川，借住在一所大学，离单位远，每天要坐两小时的公交。吃饭问题也没法解决，只能在饭馆吃。在单位上，我是新进的人，工作紧张。那一个阶段，对儿子的学业关注就少了。过几周回一趟家，板着脸子给儿子说一通。儿子当着我的面，点头说记住了。但过后学得咋样，我就不知道了。打电话问老师，老师说，算个中等生吧。听那口气，不是很放在眼里。我知道，在高中阶段，老师关注的是能出成绩的学生。我感觉不对劲，就打电话叫妻子把儿子管严一点。妻子小学文化程度，学习上帮不了儿子，只能每天督促儿子学习。督促得多了，儿子也逆反，给妻子发脾气。有一次回家去，说起儿子的学习，妻子说着说着就流眼泪了。说儿子大了要爹管，你跑到外面躲清闲，叫我一个人吃力。我说我是在外面工作，咋叫躲清闲。说着，我和妻子也争执起来。那一段两地分居，我和妻子都感觉难肠，说出来的话里都含着怨气，就骂了一仗。

那次到银川后，我就赶紧找着买房子。这样两头扯着，耽误儿子的成绩不说，我们夫妻也有问题。好不容易买了一套二手房，找人收拾，几个月时间，忙得焦头烂额的。稍闲下来，给老师打电话问儿子的情况，老师说，你儿子不在我班里了，他选学文科了，你不知道？我一听，真是气炸了。打电话先骂妻子。妻子说她不知道。我气冲冲地骂，你在家里看着，你是干啥的？气消下来一想，妻子确实分不清文科理科。等晚上给儿子打电话，儿子嘟嘟囔囔地承认了。我非常生气，电话中对儿子吼了一通。

这件事后，我就赶紧张罗着搬家，给儿子转学。搬家容易，给儿子转学难。重点中学进不去，最后只能进了一所城乡接合部的中学。

在儿子面前，我好像习惯了板脸子。儿子也不多跟我说话，看我的眼神也躲躲闪闪的。儿子有一回给妻子说，我爸好像很恨我。妻子给我说了，我心里一惊。从心里来说，我对儿子是很疼爱的，咋能给孩子这种感觉！想着该转变一下，但又想，儿子高三了，面临高考，还是坏人做到底。管严些，儿子也许会和女儿一样，到高三成绩会越来越好。

但儿子的成绩并没有好起来，反而下降了。高三第二学期开学不久，他忽然说不想去学校了，就在家里学。问他为啥，他不说。我和妻子反复地问，才说是失恋了！女朋友和他分手了，他不想再看到她。再过几个月就高考了，他竟然来了这样一出！想想他高三成绩下降，原来是恋爱了。我真想骂他一顿，甚至想揍他一顿。但想想，孩子在这种时候很脆弱，逼急了，谁知道会干出啥事来。我就压着火气，跟他谈话，开导他。慢慢地，他开始说话，说了很多话，很多我想都想不到的话。话说出来了，儿子似乎也轻松了些，也答应去上学了。

儿子去上学，我却悬着心，每天放学回来，我都小心地问问情况，跟儿子说一会儿话。过了些天，儿子好像从失恋的阴影中走出来了，情绪好多了，主动提出要报辅导班。儿子想学习，我当然答应。儿子报了英语班、文综班，晚上放学回来，吃过饭就忙忙地去赶辅导班，星期天也不休息。看着儿子辛苦忙碌的样子，妻子心疼，尽量给他做好吃的。我也给儿子打气，还剩一个多月就高考，不管考得咋样，尽力了就行。

说是这样说，心里还是想着儿子能考好些。我从来没有叫儿女实现我的梦想的意思，更没有叫儿女为我争光的想法。我只是想着，他们能够在激烈的竞争中生存。女儿从上海交大毕业，不断地考试找工作。儿子即将考大学，也在不断地考试。上了大学，不一定就能生存；上了好大学，也不一定能活得好。女儿得努力找工作，儿子得努力考大学。我能给他们的很有限，后面的路需要他们自己走。

# 乡村零件

## 老　树

每个乡村都有一棵老树，比爷爷更像爷爷的一棵树。

也许是槐，枝干虬曲得有些夸张，威严得有些“老封建”的味道，圆叶像稀稀拉拉的头发已褪到了头顶，闪烁着黄亮的慈祥的光；或者是榆，脚踝突出得很厉害，脚趾头伸出有七八米长，霸道地扣住一方泥土，体格壮硕，叶片依然浓绿，感觉随时会发出一阵爽朗的大笑；抑或是桃、杏、梨……早就不结果子了，花也不多开，只有叶子，有风无风的时候，都颤巍巍地抖动着，絮絮叨叨地说一些年轻人听了就烦的话语。

老树是村庄最早的居民。

最初的拓荒者走出，在疲惫的极点处停住了脚步，搭起一个茅草棚，在草棚旁种下一棵树，种下一个伙伴、一个兄弟。

也许是把流浪的拐杖随手插进土里，它就生根、发芽、长大了。人也在繁衍，生生死死的，一代又一代。有的出走了，漂泊到另一个陌生的地方；有的留下来，继续生息。树却不会走路，成为村庄最久的居民，最后的守望者。它只是渐渐老了，似乎是怕人会多心，会嫉妒它的长寿，就把老态尽量显现在皮肤上，却把实际年龄深藏在年轮中。到最后，连村里最老的老人都不能说清老树的年纪了。人们只知道爷爷的故事里有这棵老树，爷爷的爷爷的故事里也有这棵老树。

乡村的历史都承载在这棵老树上。

承载在这株老树上的还有乡村信念。走在穷甲天下的宁南山区，在一些意想不到的山旮旯里，你发现了一棵老树，老树的周围一定有几户人家，一个村庄。他们能在如此艰苦的地方顽强地繁衍生息，就是因为那棵老树。他们坚信，树能生存的地方，人就能生存，并且真的生存下来了，创造了生命的奇迹。

老树还承载着乡村情感。“我是山西大槐树人”，一句话所包含的怀乡之情感人至深，觉得那棵老树有了神秘的力量。每个游子的心中都生长着一棵树，漂泊得越远越久，那棵树越枝繁叶茂、根深蒂固。忘记了曾祖的名讳，却无法忘记老树上的一个叶片，叶片上闪烁着乡愁的灵光。许多游子回到故乡时，不是先去祭扫祖坟，而是匍匐在老树下，泪水淋漓地叫一声“爷爷”！

老树承载了太多的情感，连自己的一粒果实、一朵花都无力承载了，叶子也稀到了极限。因为承载了过多的情感，老树有了人性。《天仙配》中的老树能做媒，《三国演义》里的老树会流血。神话、历史演义表达出一个古老的认识——人和树在生命本质上是一致的。

人是行走的树，树是不走的人。

树有一天会出走吗?

## 炊　烟

乡村隐在山野背景中，正如鱼隐在水里。炊烟是一根钓线，能钓出一个鲜活的村庄来。

炊烟是乡村的第一缕信息。

还看不到村庄时，就先望见炊烟，蓝蓝的、淡淡的，不像云、不似雾，袅袅地升，悠悠地飘，聚成一些随意的图像，散成一些不尽的遐想。

中午的炊烟最像炊烟。尤其是无风的时候，炊烟紧紧地抱成一团，慢慢地升，直到天的最蓝处。感觉顺着烟柱往上爬，能直达天上。

傍晚的炊烟就有些潦草，在半空中就被霞光或夜幕给堵截了、吞没了，成了霞光或夜幕的一部分。还有些被夜风吹散了，混同着夜霭，洇在村庄的额头上，仿佛村庄打过几个哈欠后，就要睡着了。

炊烟本身没有多少意趣，正如钓线的意趣在于连通了鱼之乐与人之乐一样，炊烟的意趣是打通了人与烟之间的联系。中国古人把“人烟”连缀成一个词，真有着浑然天成的美感。细究人与烟的联系，会使人沉入对生命本源的一种思考：先有了烟火才有了人类，还是先有了人类才有了烟火？一词通古今，领略了“人烟”一词的深邃精妙，又会体悟出中国文化的一些内涵来，体察出民族心理的一些端倪来。最能代表中国人哲学思想的道家，视人间的一切欲望为“烟火”，主张吸纳天地雨露，而不食人间烟火。这是超脱，还是逃避？

一缕炊烟，竖起来连接人间与天国，农民把满足、感恩、畏惧、希望通过它传达给上苍，上苍也似乎从它的浓淡体恤着下民。

一缕炊烟，横向地联系着人与人，制造它的人和望着它的人。制造炊烟的是女人，望着炊烟的是男人。

有一类望着炊烟的男人是跋涉的旅人。他们中有远征的将军、云游的僧侣、行吟的诗人、亡命的强盗……望见炊烟的那一刻，会一律停住脚步。炊烟中女人的味道、家的味道、一碗热汤面的味道，立刻让他们躁动的灵魂安静下来，虚幻的雄心蛰伏起来。焦渴、饥饿、亲情、爱、性，这些人类最本体的东西，连同眼泪不可遏制地一股脑儿涌出来。他们也许就此消弭了壮志，老婆孩子热炕头，平庸地度过一生，也温馨地度过一生。是幸福，还是不幸？

有一类望着炊烟的男人是远归的游子。他们奔波过了，奋斗过了，有的衣锦荣归，有的行囊空空，但他们的心灵都一样困顿。望见炊烟的那一刻，身外的一切都飘远了，所有的荣辱都化成了归心似箭，三步两步地奔向炊烟、奔向温暖。在舒缓了疲惫后，他们会选择安居，还是再次远游？

有一类望着炊烟的男人是田间耕作的农夫。劳动的间歇，他们会不经意地望一眼自家的小院。炊烟浓浓喷薄而出，女人烧火做饭了。炊烟紧紧地往上冒着，那是女人有力地拉着风箱，锅里的水欢快地跳跃，女人的脸膛红亮，饱满的身体绷出圆润的生命曲线，农夫的心里就一烫。炊烟淡了，又淡了，终于收进烟囱里去了。这时候收工回去，热饭刚摆满炕桌，妻儿们围桌而坐，等着他一起吃饭。人生有失才有得，得失之间，哪是西瓜，哪是芝麻？

在炊烟面前，人只有三类，远游者、回归者、守望者。无论中外，也无论古今。

# 关于口弦子

## 如泣如诉话口弦

我曾以口弦子为线索写过一篇小说，题目就叫《口弦子奶奶》，写的是一个古老的爱情故事，情节、人物都是虚构的，但关于口弦子的描写却是真实的。

口弦子也叫口琴子，是一种非常简单的乐器，在我生活的清水河一带曾广为流传。口弦子是用薄竹片制成，头小尾大，像一只鸟。颈部削出舌簧，两端钻眼穿线，扯动线绳，舌簧振动发出颤音。放在两唇间，利用口中吹出的气流使颤音发生变化，产生共鸣，就有了曲调。舌簧两边贴上不同的糖纸，曲调又有不同的变化，类似C调和D调之类的变化。

我们那儿把演奏口弦子叫弹口弦子，说“弹”实际上有些不准确，因为手指并没有弹击在乐器上，仅仅是扯动线绳。也有叫吹口弦子的，说“吹”也不准确，单凭口吹，口弦子并不发声，必须口手相辅才行。

口弦子奏不出明显的单音来，也很少有固定的旋律。凭弹奏者手上的分寸，嘴里气流的强弱，发出随意的旋律。弹奏者的心情，影响甚至决定曲调的色彩，或忧伤，或欢快，或凄切，音随心动，曲调可以说是从心里流淌出来的。

弹口弦子的多为女人，男娃娃也弹。我小时候就弹过，但男娃娃长到十四五岁，就不能再弹了。大男人弹口弦子是要遭人耻笑的。女娃娃从小就学，弹成大姑娘、大婆姨也没人说啥。有些老奶奶牙掉光了，嘴瘪歪了，还能弹出曲调来。女人的心里总有些说不清道不明的伤痛处，口弦子的曲调就是缠绵的、忧伤的。

口弦子的音色，我在《口弦子奶奶》那篇小说中有一段描写：“那声音很细很低，却有很强的穿透力，刺破冬夜的寒幕直往人耳朵里钻。那声音如蚊如蝇，仔细一听，又像是女人如泣如诉的哭声。……那声音丝丝缕缕地飘来，分明又像谁在弄啥乐器，笛子不像笛子，二胡不像二胡的，辨得不甚分明。曲调也模糊得像周围的夜景，幽幽咽咽的，感觉能拧出泪来。那声音有些女气，又有些鬼气……”我写的是夜半时分，男人们听到女人弹奏的口弦子时的感觉，基本上能说明口弦子的音色。

农闲的时候，尤其是雨雪天，男人们出去打牌下方去了，女人们在家里憋闷，就弹一会儿，舒一舒胸中的闷气。也有妯娌姑婆凑到一块儿，边做针线活，边弹口弦子，你一段我一段，有点竞赛的味道、切磋的味道，但主要还是自娱。弹到动情处，弹者落泪，听者唏嘘。流过眼泪，叹过了气，胸口倒敞亮了，再忙乎自己的日月。日月总是很古老地过着，口弦子也就很古老地弹着，似乎是在叙述着一个古老而忧伤的故事，一个女人心中的故事。这样的故事在女人心中隐伏着，使女人成为女人，使女人能顽强地活下去。

这实际上是我成年以后对口弦子的一种理解。在我小时候，只是感觉口弦子的曲调中有一种深沉的忧伤，听了就想淌眼泪，但又觉得好听、爱听。听过无数段口弦子曲，那曲调便一直隐约地存在心里，直到有一天，它触动了我心中的某个感觉，于是便有了那篇小说。可以说，小说的情节和人物是从口弦子的曲调中衍生出来的。因此，故事自然是个悲剧。

## 一歌一琴一心情

花儿是男人唱的，一般不在人众的场合唱，在空阔的山头上犁地放羊时，吼一嗓子，解解心里的颇烦。花儿无谱，至少早前没有记录在书的、现成的乐谱，属口口相传。传唱的过程中往往就会走了样。花儿无调，情感激动了，拔高些；情绪消沉了，咽低些，都是没人理论的。花儿也无固定的词，随心填词，眼前的景、心里的情，都是现填的词。花儿无一定的节拍，劲用光了，吆短些，情未了处，喝长些，都没啥错误。

口弦子是女人弹的，也不是为了登台表演，农闲时做针线纳鞋底的间隙，弹一阵子，消消心里的麻缠。口弦子更无谱，虽说有“廊檐滴水”“骆驼铃”等较固定的曲调，但几乎无法记录，有记录也无法识别。口弦子仅有个简单的音节，调子、节拍之类的更无从说起。

口弦子和花儿可以说是洪荒时代的音乐形式，借用一个流行的词语，属原生态音乐。

我忽然想到了一个词：混沌。这个词也许能概括这两种音乐形态的特点。

口弦子和花儿，都属于不成形的、模糊的、原始的音乐形态，都有洪荒时代的味道。也许正是因了这份混沌，这两种音乐形态才得以存在？

## 自生自灭说兴衰

据一些研究者称，口弦子这一乐器古已有之，属曾经繁盛，即将消亡的。证据是《诗经》中“吹笙鼓簧”的诗句。簧，据说就是口弦子的原型。但口弦子是如何保存下来，在清水河一带得以发扬，而且在20世纪六七十年代风行一时的呢？

从口弦子的制作原料竹子来说，竹子生南国，竹制品在北方属稀罕物儿，能风行的少见。竹制的口弦子在宁夏南部山区风靡，的确是一个奇怪的现象。这一现象的背后一定有着一个巨大的秘密，也许与民族迁徙有关？这地方的先民最早一定是生活在一个盛产竹子的地方，举家流亡到遥远的北方时，身上只来得及带走不足三寸长的轻巧的口弦。安居到北方后，弹奏起口弦子，眼前便有了竹林风声，有了故乡的青山绿水。所以，口弦子得以流传下来。

从口弦子的演奏形式来说，口弦子并不登大雅之堂，甚至连登台演奏的机会都没有，基本上属于自娱自乐。虽然弹得好了也会受到夸奖称赞，但得不到鲜花、掌声和出场费之类的东西，于生活无补。尽管如此，它还是得到了清水河一带几乎所有妇女的青睐，人手一把，有的甚至长长短短的有四五把。她们还对口弦子进行各式各样的装饰，用香油浸得油光光的，两头垂流苏，琴身描花纹，还绣出精巧的琴袋，把口弦子护起来。大多数女人都把口弦子挂在贴身的衣扣上，要弹的时候，都是从怀里掏出来。据说这样弹出来的音温润、悠长。口弦子在我的家乡清水河一带流行的时候，正是物资极度匮乏的20世纪六七十年代，几乎达到婆姨娃娃人手一把的程度，这背后的文化现象和文化传承该如何理解？而近30年时间，它突然又销声匿迹，几乎给人连挖掘、整理的机会都没留下，这中间的现象又该怎样解释？文化现象的消长和物种的存亡一样，是神秘的、令人叹息的。

古代乐器流传下来，或者经过改造变异存在下来的不少，消亡的也很多。尤其在电子合成音乐时代，一些乐器的消失是不可避免的。口弦子，盛极而衰，这也是自然规律。但再听不到口弦子声甚至见不到口弦子，总觉得有些遗憾。

有人想出了许多保存和发扬的办法，认为可以通过改进口弦子本身，使之发出的音调更高些、更明确些，适合演奏；也有人认为应该整理出一些曲谱来，便于传承；还有的认为可以改变演奏技巧、加速合奏等形式……不一而足。我的看法是，还是让它自生自灭的好。从古至今，物种每天都在消亡，非人力可以逆转，文化现象也在不断地消亡，也非人力可以逆转，一种乐器的存留也有其规律，人力是无法逆转的。也许有一天，口弦子又会在某一个地方盛极一时，也未可知。

# 上海的哥和杭州保安

## 一

鲁迅文学院组织社会实践，去上海、浙江，看了世博，品了西湖，游了水乡，还瞻仰了南湖一大会址，游览了乌镇茅盾故居、绍兴鲁迅故居。应该是很好的世博之旅、文化之旅、文学之旅。可回来整理相片，感觉乱麻麻的，有些照片竟分不清拍摄于何地；整理思绪，也感觉是闹哄哄的，竟无话可说。倒是一个上海的哥和一个杭州保安的音容，还有他们说的话，让我无法忘记。也许是我的眼睛和耳朵有些偏狭，总是在热闹的场面上看出寂寞来，在盛世欢歌中听出哀音来。

在上海下了火车，其他人都被旅游车接走了，去吃午餐、逛外滩和南京路，我忙忙地去看女儿。女儿在上海交大上学，两年来一直没去看，这次正好顺路，得去看看。

上海交大远离市区，坐地铁公交，路线不熟，只好打车。车也不好打，也许是在世博会期间，游人多，车都满着。好不容易停了一辆，我说去上海交大，闵行区那块。的哥犹豫了一下，才说，走吧。走了一截，他说，我送你到地铁站吧，坐地铁省钱，还给我详细地说怎么坐地铁。他这么说，不完全是为我着想，可能是考虑到回来要跑空车。但我想着赶时间，就让他直接拉过去。的哥有些无奈，加了一脚油门，上了高架桥。

一上路，我们的心似乎都稳定了。的哥找话说，来看世博会？我说是。的哥又问，从哪里过来？我说从北京过来，但我是宁夏人。的哥有些疑惑地问，宁夏？在新疆那块儿？这些年出门，常遇到这样的问题，很多人不知道宁夏，有些甚至认为宁夏是甘肃的一个县，还有的把宁夏、临夏混同。我有些无奈地解释，宁夏是个回族自治区，离新疆很远，和甘肃、内蒙古交界。

的哥好像明白了，点了点头，接着又问，宁夏的环境很差，日子很苦吧？我心里暗笑了一下，上海人总是这样，总认为上海以外的人都是乡下人，生活在水深火热之中。我就夸大地说，宁夏是有名的“塞上江南”，环境很好，人的日子也过得好。他有些疑惑地回头看了我一眼。我就又加了一句，宁夏南部差些，很干旱，收入也低。的哥这才点着头说，现在的人，都不好过。好像是自言自语，又好像是在安慰我。我就随了一句，你们大城市人还有不好过的？的哥摇着头说，不好过呀，不好过呀！那神态不像是自谦，不像是安慰我，是发自内心的。

我就说，你们开出租车的收入应该不错的吧。他说，不错什么呀，一个月收入五六千，听着不少了，可在上海，能干什么？要吃饭，孩子要上学，根本存不下钱。还要买房子，你知道上海的房价多高？三万多！郊区都两万多了，还在涨。买一套房子二三百万，我一年收入算上六万，老婆的收入比我高些，也就是八万左右，加起来不到十五万，不吃不喝，要攒二十年。连首付都付不起，别说买房子了……

的哥的话匣子打开了，喋喋不休地说起来。他现在还住在父母的房子里，父母的房子也不大，只有60多平方米。他们家兄弟姊妹四人，两个妹妹嫁出去了，都在给人站柜台，月收入才一千三四，比他更差。哥哥的收入要好些，自己买了房，搬出去了。虽说嫁的嫁了，搬的搬了，但眼睛都盯着父母的房子——虽然是旧房子，也值一百多万，都想着分一点。他暂时在父母家住着，女儿住不下，在私立学校寄宿。女儿今年就考高中，眼看着又要上大学，还想着到国外去留学，又得花钱。我边听边看着路两边的高楼大厦，想着那里面又住着些啥人，他们是不是也有不如意，和眼前的的哥一样。

的哥当然没看街景，他一直说着，对着前面的玻璃，其实是对着我一个陌生人，说了很多，几乎都是些不如意的事。他可能好久都没有给人说过了，说得很急切，好像是怕我下了车，没人听他说了，甚至专门放慢了车速。我知道车速慢下来，我出的钱要多一些，但我没有催他开快。我一边听着，一边看着他。他的长相很儒雅，长条脸，鼻眼轮廓很分明，不像个的哥，倒像个知识分子。要是穿上一身名牌西服，也像个大老板。但面色却有些灰暗、疲惫，眼角处的鱼尾纹很密，正是人到中年的样子。

车开到交大门口了，他说，这里是教学区门口，中午时间，学生都在生活区，应该到生活区门口，就又往生活区开。边开，边抓紧说，这年月，为了钱，弟兄姊妹都六亲不认的，挣不来钱，父母都看不起你，老婆都瞧不起你，还有孩子，孩子都低人一头。虽然只是很表面的几句话，但那背后的一些艰难和苦涩，我能从他脸上看出来，能想象出来。

终于到了，他只好住了嘴，停下车，突然冒出一句与前文毫无关系的话，很上海味的一句话：要现金，不刷卡的噢。他从一个倾诉者转换成了的哥。我付了钱，他向我笑了一下，开车走了。

## 二

社会实践的最后一餐，安排在杭州一家叫状元楼的酒店里。因为是汉餐馆，我没有随大家一起就餐。我到附近的一家兰州拉面馆随便吃了点，边吃边和店老板娘兼服务员聊了几句。她老家也是宁夏的，丈夫是青海人，两人在杭州开拉面馆也三四年了。前几年生意好，这几年竞争多了，生意也不好做。她边干活，边照顾着个两三岁的小娃娃，孩子闹着，她也忙进忙出的，不好多说话，我就出来了。

到状元楼门口，其他人还没出来，我就站在门口等。门口的一个保安见我一直不进去，也不走，就问我。我说同伴都在里面吃饭，我等他们，保安就不说话了。一般酒店的门口都是年轻人，但这个保安明显是个中年人了，肚子微腆着，像个城里人，但相貌又明明是农村人的。

我就问，是当地人吗？他说，不是，是安徽人。他明显有些不想多说话，但我还是追问了一句，来这里几年了？他说，八年了。说完又不说话了，他也应该是个话不多的人。

我点了一支烟，让了他一声，他说，上班时不能抽烟，但向我的烟盒瞅了几眼。我递给他一只，他有些不好意思地接了，看了看牌子，小心地放进上衣口袋里，说，我平时也抽烟，只能抽三五块钱的烟。一月一千多点收入，好烟抽不起，说着向我笑了笑。

我就问，你们安徽那边应该也挺好的，咋出来了？他说，家里地少，当地又没有厂子，没地方打工，就出来了。我又问，家里人呢？他说，都出来了，老婆孩子都在杭州，老婆在火车站当清洁工，儿子也给一个厂子当保安，女儿在一家丝绸厂打工。我说，那好呀，你们一家人都在一起了。他说，好啥，说是一家人都在杭州，都忙着，几个月才见一次面，见也没地方见，租了一间房，只有十平方米，连个下脚的地方都没有。就这么个房子，一月还要三百多块钱的租金。挣的钱除了吃饭，全交房租了，老家的房子空着，没人住。

他接着说，老家盖了一套房子，楼房带平房有二百多平方米，花的钱也不多，收拾出来才花了十一万，现在是老父亲一人住着、看着。

我笑着说，你们一家苦上几年，在杭州买套房子算了。他苦笑了一下说，在杭州买房子，想都不敢想，二三百万,一家人苦一辈子也挣不够。

我就说，准备以后回去吗？他说，一直都想着回去，在外面挣一千多，存不下多少钱，还不如在家里挣几百块。他也回去过，但在家里待了几个月，就又蹲不住了，感觉没意思，又出来了。孩子们更不想回去。儿子前年找了个对象，也是在杭州打工的。没地方住，没办法结婚，有了个孩子，也打掉了。儿子去看对象的路上，又被一个电瓶车撞了，当时没注意，回去一检查，脚腕骨折，住了几个月医院，休息了半年，花了两万多，都是借的。儿子的脚有了毛病，重活干不了，只能找轻活干，干轻活又挣不了多少钱，自己连自己都顾不住，可就是不想回去。女儿也是，二十好几的人了，还找不上个对象，老家那边有人提亲，她不愿意，她不想回去。

他说，儿女不回去，他自己过几年还得回去，家里的房子不能空着，空长了，房子要塌呢。

他还说，他这算是好些的，村里出来的人大都干的是泥水活，有些在工地上，活计苦，挣的钱也不多，家里人也都没一起出来，两头扯落，更难。

正说着，其他人陆续出来了，都关心我吃饭的事，把那个保安隔开了。他只能往大门角落那边走了走，站在那里，偶尔看一下我，分明还有一些话要说。但很快，我们就上车了。我看到那个保安站在灯火辉煌的酒店门口，神情有些落寞。

# 找一张在鲁院的照片

宁夏作协要我在鲁迅文学院（以下简称“鲁院”）学习的小结，说是想刊登在《宁夏文艺家》上。文字写去了，发信来说，还要一张我在鲁院的照片。我就翻找，一大堆的照片，没有整理，乱糟糟地堆在U盘里。我是个不太会整理自己的人，物质上的、精神上的、情感上的，都不会整理。

陈原知道我这一点，他站在山西平遥，在一个几百年前的石碾子旁边，盯着我看。离开鲁院的前一天，不多的衣物，却怎么也装不进包里。我正不解，几乎没有添置些啥，还是原来那些东西，来时很松动地装下了，回时却装不下了。正好陈原进来了，问，老小子在干吗？我边往包里塞衣服，边嘴里懊恼地咕叨，看着一点儿东西，就是装不下，就是装不下。陈原不说话了，突然哭起来，大声地哭起来。那么魁梧的一个人，哭起来的声势也是很大的，我觉得很远的走道里都能听见，但他却不管不顾地哭，抽泣着说，你老小子，说那样的话干啥。我才明白，是我说得装不下的话触动了他。陈原是个表面沉默，内在异常丰富的人，他的眼泪是从心里流出来的。因了陈原的流泪，我没再整理衣物，陪着他打最后一次乒乓球。说是打球，其实是等着送同学，同学要走，必须经过我们打球的地方。我们打球一次次地中断，一次次把同学送到大门口，陈原的眼睛也一次次地湿着。我却没有眼泪。

送走很多同学，剩下的人不多了，都不约而同地出来了，聚在大厅里。虽然外面下着很大的雨，陈原还是冒雨买来了啤酒和小吃，大家喝酒聊天，说了许多感伤的话，很晚才散。因为是第二天一早的飞机，我又收拾衣物，还是装不进去。一位同学打电话过来，问我在干啥，我说装东西，就是装不下，我想把你们都装进包里，背回去。说这句话时，我的眼泪和哽咽同时涌出来，我一个人像小孩子一样抽泣了好半天。

能装回来的，就一个小小的U盘，上面有我在鲁院写下的文字，还有在鲁院期间照的相片。有去希腊照的，有在山西照的，有在上海、杭州照的，有在北京照的。我看到了那么多的同学，他们都定格在那个瞬间，这会儿却一个个走到我眼前，场景也忽然活泛起来。

安昌河你个龟儿，总是那么憨憨地笑着，像个弥勒一样，大肚子里装着些啥，是那些离奇的故事，还是那些奇异的文字？看看你的背后，那是西湖，几千年浓妆淡抹、无晴有晴的西湖。

你的文字中有太多的杀戮和死亡，看似无情，却有真情，看似无爱，藏着大爱。看看你的脚下，是苏堤，苏东坡也是你们四川人，自古蜀中出才子，你会算其中的一个吧，你有那份才气和豪气。昌河为人的豪气、文字的野心最先引起我的关注，我与昌河谈了很多，看了他的许多书，我还写了《安昌河其人其文》，是在鲁院期间唯一一篇写同学的文字。

王保忠你这老家伙，你也别多心，你脚下是白堤，白居易是你们山西人，山西不仅出晋商，也出文人，王维、王勃、王之涣、王昌龄、王翰，都是你们老王家人呢。你的甘家洼，有辋川山居的淡雅情致，也有凉州词的雄阔苍凉和委婉幽怨。刚到鲁院不久，你说你读过我的小说。你问我读过你的小说没，我说没印象了，你显得很失望，我也有些尴尬。其实你并不是在乎小说，你是想和我结交、深谈。我当时不懂。后来因为开研讨会，你把几篇小说发到我邮箱，我看了才知道，你的很多小说我早读过，只是没有记住作者。我就这毛病，看书总是记不住作者。去上海、杭州时，你主动提出要和我同住，还专门给老师说了。我们同住一周，交谈一周，谈得很投机。我们基本同龄，都写农村，都处在 个苦恼期，自然可谈的多。我们约定要再谈一次的，我等着呢。你把我搂那么紧干啥，我们两个老家伙了，让年轻人看了笑话。

这一张是刘照进、金锦姬和我在丁玲故居（现在的《民族文学》杂志社）照的一张合影，锦姬的眼睛笑眯了，锦姬是朝鲜族。照进的眼睛要大些，还是双眼皮，他是土家族。班里就我们三个是少数民族，接触多些，心也接近些。锦姬看着像个小姑娘，心思却非常细腻敏感，她能看出班里每个人的个性，能理解每个人的作品。她虽然看着天真，一副涉世不深的模样，但实际上却经历了很多，对生活有着超乎常人的感受；她虽然用朝鲜文写作，作品不多，但对文学也有着超乎常人的悟性。照进却是个憨直的汉子，我们在后海泛舟，船是脚踏的那种，需两个人使劲蹬才能前行。照进一上船就抢着蹬，一直蹬了一个多小时。那些天是北京最热的日子，照进的脸上一直流着汗，脸色都发白了，还在使劲蹬。照进还是个情谊绵长的汉子，游世博的那天下了大雨，我没有带伞，照进把伞给了我，他说他穿的衣服厚。他淋了一天的雨，冻得脸色发青了，还撑着说，他穿的衣服厚，一点儿也不冷。他总是不显山露水，在任何地方都有他，你却总是看不到他。就像在临别聚餐的时候，他喝了点酒，没有抱着同学哭，没有大声地哭，而是一个人背靠着立柱，坐在那里默默地流眼泪，无助得像个离娘的孩子。相信每个看到那个场景的人，都感动了，真正的那种感动。

站在江南小院的是许冬林，古典的景致，古典的人，文字也很淡雅、很小资，无烟无火的那种，那应该是适合冬林的路子。在流水曲桥上站着的是杨帆，宽裙子衬在水波上，很轻灵、很飘逸，相如其人，文如其人。坐在栏杆上的是周瑄璞，非常普通也非常感性的一个人，心思很浅、也很深。一个视情感如生命的人，一定会写出感人的文字。倚门而立的是习习，像在痴痴地等待着啥，又像随时会大笑一声，扬长而去，外在的飒爽泼辣和内在的柔弱纤细，不仅统一在习习言行中，还统一在她的文字里。

我翻着那些照片，几乎忘了翻的目的。许多人都从我眼前走过，许多事都从我眼前闪过。我想起快离别的那些天，学友们都在流泪，我的眼睛却总是干的，我怕我的眼泪会亵渎了我的感情。从鲁院回来，我也没有写下一句回想和怀念的文字。我是个不善于表达感情的人，写了十几年的文章了，但没有给我的父母、家人，以及那些我爱的人和爱我的人，写下一小段文字，我总怕我的文字会亵渎了我的感情。

# 我的鲁院

下雨，很小的那种，纷纷霏霏的，叫人心里不舒服。没心情写作，没地方可去，没新书可看，胡乱翻出一本来，是《我的鲁院》。这是上次鲁迅文学院第十三届中青年作家高级研讨班聚会带回来的，放在一边，一直没顾上看。也是觉得这种专门为庆典而出的书，没啥可看的。

随手翻开，先看到宁肯兄写的《鲁院的意义》，就看下去了，接着又看王保忠、杨怡芬、王鸿达写的，都是鲁院的同学，看着颇觉亲切。想起了鲁院的很多事，很多人来。

接着又看其他的，也都是学哥学姐们回望鲁院的文字。我一篇接着一篇地往下看，有散文、随笔、诗歌，片段、点滴、瞬间，感恩、怀念、追忆，写人、记事、说情。鲁院的院长、老师、管理员、厨师、门卫都说到了，连鲁院的一棵树、一朵花，树上的喜鹊、园子里的野猫都多次地被写到了。文字的长短、好坏，不用说了，感情却都一样的真实。现在这样带有真情实感的文字，还真的不多。也正是因为这份真实，触动了我，我一篇一篇地看，一整天时间，我一直抱着那本书，六七十篇文章，全看完了，满眼的鲁院鲁院鲁院，满脑子是认识和不认识的人，他们都是鲁院的老师和学生。六十年时间，整整一个甲子，鲁院不知进出了多少老师，培养了多少学生。这么多的人，都说鲁院的好，都把鲁院所过的几个月，当成生命中最深的印记。在一般人看来，鲁院只是很小的一个地方，两幢小楼、几棵杂树而已。能承载这么多的文字，承载这么多的感情，简直是个奇迹。现实中，无论风景多好的地方，去过的人，有赞美的，也有后悔的。即使是天堂，大概也有人会觉得那里很乏味的。作家们又是非常敏感和挑剔的，志趣差异很大，很难会对一个地方有众口一词的评价。这样的地方只有一个，那就是故乡、老家。看来，他们都是把鲁院当作自己的“家”了。

我对鲁院也是有一种“家”的感觉，这也是离开一年来，又回去了一趟后，我都没有写过关于鲁院只言片语的原因。我也至今没写过关于故乡的文字，没有写过关于母亲的文字。我不敢写，生怕我一写出来，就亵渎了她们。对鲁院，大概也是这种感觉。

我想了想，要是我写鲁院，写点啥呢？还真没啥可写了，我能写的，他们几乎都写了。我感觉，我的家被很多的人参观了，被很多的人描写了，心里竟生出一种被侵略的屈辱。好半天才从这种奇怪的感觉中透过气来。想想，是我有些自私了。鲁院不仅是我的“家”，也是他们的家，还会是后来很多人的家。

对鲁院，对这个家，也许该说点啥。不，我觉得还是不说的好。

# 手足之痛

## ——悼东田

前些天忽然很想念鲁院，想念鲁迅文学院第十三届中青年作家高级研讨班的同学们，专门写了一篇博文，忆念学友。还多次到班级博客上去看，并下载了毕业合影和那张手印“鲁十三”图。我把合影转发到个人博客相册中，发到微博上，并写下一句话，祝福朋友们。手印“鲁十三”图因格式不对，几次都没有发成功，但我看了好几遍，仔细辨认哪一只手印是我的，哪一只手印是哪位同学的。五十二个手印，实在是辨认不出哪一个是谁的，只能在心里默想：那是我们共同的手。因了四个月的朝夕相处，我们有了共同的称谓，共同的精神家园，我们已经是手足。哪想到，昨天，我们失去了一只手，我们每个人都在经历着失去手足之痛。

昨天下午，收到短信：东田没了。实在是不敢相信，赶忙到班博上看，看到了讣告，看到了同学们的哭泣、嘶喊和怀念。我知道那竟是真的了！不知道原因，也不想知道原因，东田没了，这就是一切。我们失去了一只手，这就是一切。一个下午，都处在悲伤和疼痛之中，今早起来，又去看那则讣告，希望那只是一个梦，却看到更多朋友的悼词。看着那些含泪的文字，悲从中来，痛从中来，忆念起东田的音容笑貌、一举一动，东田的形象从没有那样清晰过。最初很少注意到她，虽然分在一个组，一起参加了几次活动，但没怎么说话。后来面熟了，也是见面点头而已，她是沉静的、内向的，我也话不多。相熟到开口时，她也总是客气地称我进祥老师，还把写的两篇小说发到我邮箱，要我提提意见。我看了，很男儿的那种文字，只是线条有点粗，我给指出来了，她见了我却说了很多感谢的话，还把进祥老师的称谓改成进祥兄。上海、杭州之行，她似乎打开了自己，变得有说有笑，衣着也鲜艳多了，我从心里为她高兴。在最后的那段时间，她像一朵花一样绽放了，脸上洋溢着生命的光华。应该不全是因为《雷雨》，是“鲁十三”的温暖，是紧握在一起的五十二只手，共同捧出一朵朵的花。

今天，我们又一次捧起手，我们捧起的是一朵早凋的花，一朵“质本洁来还洁去”的花，怜惜、赞叹、感伤、悲痛，这一切都不足以表达我们的感情，手足之痛是难以言表的。我们捧起手，我们祈祷、祈求，不仅为东田，也为“鲁十三”的其他学友，我们已经失去了一只手，“翻手覆手不可期，一死一生交道绝”，我们该学会珍惜，珍惜生命、珍惜友谊。无论年轻还是衰老，无论健康还是疾病，我们都该互相通气、互相帮助、互相担当。

我很不同意关于“十三”是个悲剧的说法，虽然悲剧已经发生；我很不愿写下悼念文章，虽然我正在写着。逝者长已矣，存者且偷生。

好好活着！

# 鲁院散记

## 我被一只鸟观察了

它就站在那块石头上。石头在小花园里。花园在鲁院。一块奇形怪状的石头，是风擦出的样子，或许是水磨成那样的，看着它能想到风声和水声。石头上刻了三个字：风、雅、颂。石头的两边是几丛竹子，还没有返青，竹枝上还挂着去年的叶子。

石头正对着一条小径，我从小径走进花园时，那只鸟已经站在石头上了，它看着我走近，我却到离石头三四米的地方，才看到了它。它的眼睛比我的要小，但一定比我的亮。它在天上飞过，天空那样辽远，得一双很亮的眼睛。再说还有风，还有云，会把它的眼睛擦亮。而我，只是在地上，一直在仰望，或者在假装沉思，仰望和沉思都会使人的眼睛浑浊。

它好像是在有预谋地等我，等着观察我，不然它不会站在石头上，会站在树枝上的——旁边有好几棵大树、小树，有很多树枝可以叫它站的。它也许知道饭吃饱的人容易想些啥，家乡、女人，或者就是一朵花、一只鸟。它等在那里，就是要看我的思虑漫出身体的疲态。思想凝在身体里，身体显得要瓷实，思想一旦溢出身体，身体就显得虚肿、庞大。

对它来说，我的确是庞大的，庞大得有些可笑，像我们在看着大象，看着巨人时的感觉，在确信不会受到伤害的情况下，总感觉是那样可笑，是大而无当的可笑，身体大于思想的可笑。它明白我不会伤害它，不能伤害到它，就稳稳地站在石头上，仔细地观察我，用一只眼睛看了，不够，又用另一只眼睛看我。它的两只眼睛表面上很像，其实一定是不一样的。用两只眼睛都看过了，它发出“叽”的一声，那应该是它的笑声。虽然只是一声，却是大有深意的，好像那些资深的评论家，说话也总是一个字：旧，俗，空。要么只是鼻子一哼，一个字也懒得说。

我有些紧张，心怦怦地跳，不是因为它的笑声，是怕惊扰了它，怕它“特儿”地飞走了。我其实是庸人自扰，它并没有怕我，现在的鸟大多都不怕人。它的心跳很平稳，我确信听到了它的心跳。也许是我的心跳，我的心跳我能听到，它也应该能听到。虽然看不见它的耳朵，但它听到的声音一定比我们要丰富得多，甚至能听到花开的声音，小草撑破地皮的声音。我们的耳朵里却一片嘈杂，尽是人声、车声、汽笛的声音。还有我们的眼光，被乱糟糟的东西磨秃了，什么都认不清，甚至不认识一棵树、一只鸟。

对那只鸟，我就不敢认，看着像是麻雀，却与我见过的麻雀有些不同，羽毛要光鲜些，身体也小巧些，头脑转动得很灵活。它左一眼、右一眼地一直在看我，也似乎是要认清我。我们互相打量着，猜测着。它先看出了我的底细，看出了我是从遥远的山村来的。它当然没有直接问，不像周围一些人那样问些愚蠢、粗俗的问题，它只是又“叽”地叫了一声。就那一声叫，就够意味深长的——你来这里干什么？这里能有些什么？你能找到些什么？

我也看出了它的一些破绽，尽管长相改变了，它还是一只麻雀；尽管站在刻有“风、雅、颂”的石头上，它还是一只麻雀。它也是从很远的山村来的，只是比我来得要早。它的祖先和我的祖先就在一起，我的祖先播种的时候，它的祖先抢食过种子；我的祖先守秋的时候，它的祖先偷吃过糜谷。

我直视着它，它侧过头，又“叽”地叫了一声，随即又转过头来看我，满不在乎的样子。我们俩对视着，我发现我真不能看进它的心里去，而它的目光却能直达我的心，像一匹马一样，在我的心里奔驰，我的心思被它一览无余。它一定是看出了我心中一些尘土一样的东西，暗夜一样的东西，因为它看着我的目光变成审视的、鄙夷的、嘲笑的。

也许是为了配合眼神，它尾巴抬了一下，有一股黄白的东西射在石头上，离石头上的那个“雅”字很近。它这样做了，一点儿也不在乎那三个字，不在乎我。我知道它不论是唱歌、调情，还是交配的时候，根本是不避异类的，这和人一样。但人避同类，它对同类也不避。它就是一只鸟，无论到城里三百年，还是三十年，它都是一只鸟。可我就觉得，它的举动有些后现代色彩，有些行为艺术的色彩，我心里有些莫名的懊恼。

它却看着我，“叽叽叽叽”地连叫了几声，像一个人“嘎嘎嘎”的笑声。我正在揣摩它笑声的含意，它却轻捷地一跃，翅膀两扇，从我头顶上飞过，眨眼不见了，灰色的天空中没有留下一丝印痕。

## 樱花之聚

应邀去玉渊潭踏青赏樱花，见了几位在京的作家，很亲切。

聚会直到今日才得以成行，比当初计划迟了半月。月初，《民族文学》编辑石彦伟就计划这次聚会，说是因我来京，几位在京的青年作家都想见见。

聚会原定于2010年4月10日，樱花刚开的时候，可惜那天下雨，担心花事凋零，雨打落红，不添兴致，反增忧伤，聚会临时取消。上周，我又随班去山西平遥、晋祠，也就拖到今天。昨晚两点，彦伟又发信说，奶奶去世，他要赶回哈尔滨去，安排别人代为操办，嘱我一定要去。诚挚之心，令人感动。

其实，我对这次聚会也是很期待的。

怕路途不熟，错过聚会时间，让组织者担心，我一大早就动身。结果一路顺利，到玉渊潭门口时，其他人都还没到。公园门口樱花节的牌子还在，前去赏花的人也还有很多。今年春冷，花期推迟，还有樱花可看。隔着门墙看去，细柳摇曳，水清草绿，还是一派春景。一簇簇粉的、红的、白的花开成一片，树下也是人头攒动。都市之人，周日闲暇，踏青赏花，虽有些附庸风雅，但能亲近自然，已属难能可贵。

朋友依次到来，虽都未谋面，但几句话就相熟了。自我介绍，有从云南、四川、辽宁等地来的，虽口音各不相同，话却很投机。买票进园，赏花倒成了其次，谈话成了重点。

樱花有些已经凋谢，有些正在盛开，含苞的已然不见，虽无欣欣之气，但萧索凄清的感觉也不浓。樱花本来就是有些女性气质，有一种淡淡的忧伤，忧伤会使人变得干净、安静。三三两两的人也走得很安静，很少有呼喝喧闹的。环境熏陶，花移人情，看来不是假话。大姑娘、小孩子头戴花冠，时而跑跳几步，也是一种灵动。

园子里不全是樱花，还有桃杏，也开得如霞如雪的。老家那边没有樱花，桃杏都有的，也应该开了。我的心思又向家里那边跑了几回。

游了一圈，拍了点照片，接着下一项活动，选了一家清真餐馆，边吃饭，边交流。李培伦、兰书臣，还有沙戈几位也到了。李培伦先生七十七岁高龄，依然很精神，很健谈。兰书臣也很和善，很睿智，说起来他老家竟与我老家只相距几十里。一直把沙戈当成男儿，谁知竟是美女，秀美端庄，人如其诗，年长我些。

谈话之间，我想到了樱花，想到了写《古都》的川端康成，想到了日本文化。川端康成的成功，就是吸纳西方的技法，阐释了日本之美。我们该如何阐释民族之美、中国之美呢？哪种文化要发展，都不能闭塞，需要多元吸纳，但不能把根本丢掉，自重者才会受别人重视，自尊者才会被别人尊重。

# 与安波兰女士见面

这次去北京，还有一事，就是和法国汉学家安波兰女士见面。安波兰女士以前翻译过我的小说，与石舒清的小说合在一起出了一个单行本。这大概是五年前的事了，她不知从哪里看到了我的小说，就翻译了，辗转找到我的联系电话，打电话过来和我谈了几次。安波兰女士的汉语说得很流利，我们交谈几乎没有障碍。在电话中，还约我到北京见面，想和我多谈谈。我当时工作很忙，没能过去。安波兰女士说，她有机会会到宁夏来看我，但也一直没有成行。这期间，她还通过在中国的朋友和我联系，说想继续翻译我的小说，在法国出我的小说集。可惜不久，我换了手机号，就失去了联系。

2010年我到鲁迅文学院上学，曾到法国使馆文化处参加一个中法作家的交流活动，顺便打问安波兰女士的情况。使馆的一个工作人员说，安波兰女士最近没来中国，她的“中国蓝”

出版公司也被兼并了。我打问安波兰女士的联系方式，也没打听到，就想着没法联系了。

2011年4月，接到法国使馆文化处一位女士的电话，说是受安波兰女士委托，找我。想了好些办法，最后通过中国作协外联部，才找到了我的电话。她说，安波兰女士5月中旬要来北京，想在北京见我，问我有没有时间过去。我正在写一个长篇，本不打算出门，连同学聚会也还在犹豫着。但恰好“鲁十三”的聚会也定在5月中旬，两件事凑巧在一起，我觉得还是去一趟好。想到安波兰女士远在法国，来一趟中国，比我到北京更加不易，也应该过去见见她。我就答应过去。不久接到安波兰女士的邮件，说她5月13日到北京。这更凑巧了，我们的同学聚会也是在5月13日！我就回信说，我13号过去，到17日都在北京，根据她的日程安排见面时间。她回信说了具体的见面时间地点——15号下午一起吃饭，交谈。

参加完同学聚会，15号下午，很多同学都要走了，我心情有些不好。想起和安波兰女士约见的事，就打了个电话过去，宾馆服务员说转接到安波兰女士房间了，但电话一直没人接。我就想，也许她还有其他安排，也正好，我也想送送几个准备走的朋友。

几个朋友还没走，安波兰女士却打电话过来，问我在哪里，到约定地点了没有。我说我在送朋友，没有到约定地点。她忽然就有些生气，口气大变。我赶紧解释说，我打了电话，但没人接，我以为她还有其他事。她说，怎么可能有其他事，安排好的和我一起吃饭，有多重要的事她也不会更改，她显得有些生气。听她口气不好，我也有些生气，但忽然明白了，法国人很信守约定，请人吃饭也一样，没有虚的意思。我赶紧说，我现在过去。她问我远不远，过去要多长时间。我说，我在东四环，过去大约得一个小时。她说，这会儿正是堵车高峰时间，一个小时过不去（她看来对北京非常了解，对中国人的习惯也很了解），叫我不要过去了。

她连说，太遗憾了！太遗憾了！

我知道她对我们不能见面感觉遗憾，但更重要的是对我的不守约感到遗憾。我心里觉得很不舒服，很自责。我提出第二天过去拜访她。她说日程安排得很满，只有四点到五点之间有点空闲。我们就约了这个时间。

下午送走了几个朋友，心情一直处在一种伤感的氛围中，忘记了爽约的事。我们总是随意些，更重感情些。而法国人似乎更严谨些、理智些。直到晚上，我还处在一种离别的情绪中。安波兰女士呢，大概处在一种没有完成计划的懊恼之中。睡下后，躺在床上，我想起爽约的事，心里才觉得很不是滋味。一个中国作家，被称作“灵魂工程师”的人都爽约，会被人家看不起。

为了弥补我的过失，第二天，我提前一个小时就到了，还给她买了花，一大束粉色百合。她住在南锣鼓巷一家四合院宾馆里，每次来都是。我看到有很多外国人都住在那里。他们其实喜欢的是有些中国传统色彩的东西，对文学作品也一样。进到宾馆，问了服务员，说安波兰女士正在茶室会客，让我先在会客厅等等。等到她会客结束，送出客人，我才上前和她打招呼。她一听是我，还是很高兴。我先为昨天的事道歉，她连说没关系，接过鲜花，她更高兴了，又连说不好意思。

我们在院子里的茶座上谈了一会儿，院子不大，摆了几个小茶座，还摆着两尊铜像，仔细看了，一个是孙中山先生的，一个是鲁迅先生的。宾馆的主人很有头脑，选的两个人，一个是中国现代政治的代表人物，一个是中国现代文学的代表人物。这两个人，外国友人也是熟悉的、认可的。我们选有阴凉的一个茶座坐了。安波兰女士直奔主题，拿出了翻译合同。她又翻译了我的几篇小说，说是明年3月出书。合同是英文的，她已经打印好，很认真地签上了名。她把合同的主要内容给我说了，我就签了字。她很庄重地把签好的合同放到一个夹子里。看来，她的确是个非常认真的人。她说非常喜欢我的小说，希望看到我的新书。我正好给她带了两本，签字送给她，她更高兴了，拿过书就翻看起来，说她会好好地阅读。她说，想谈谈其他的，没时间了，她要去参加一个活动。她又说，太遗憾了，太遗憾了！她还说，明年还会来中国，想到宁夏去看我，和我深入交谈。我说，非常欢迎。

就在这时，她站起来说，对不起，她约定的时间到了，必须要走了。我就告辞出来了。她送我出来，又连说很遗憾，很对不起。

其实，说这话的应该是我。

回来想想，东西方文化、传统、习惯是有差异的，不一定要强求一致，但他们优秀的一面还是值得我们学习和借鉴的，和文学的互相借鉴一样。

安波兰女士前面翻译了我与石舒清的小说单行本。也不知法国的读者对我的小说能不能理解，会不会感兴趣?

# 镜头里的巴基斯坦

出访巴基斯坦，总共5天，在巴基斯坦3天，时间很短，行程很紧，几乎连拍照的时间都没有，很多镜头都是在车上拍摄的。

## 自然的巴基斯坦

在我的想象中，巴基斯坦的地貌应该与我国的西部相近，干旱的戈壁、裸露的山脊、满面尘土的百姓……但我看到的却与想象中的大相径庭。也许是正值雨季，树木繁盛，野草丛生，从首都伊斯兰堡到拉合尔，我没有看到一块裸露的地皮，满眼都是绿色。尤其是广阔的旁遮普平原，绿树掩映、阡陌纵横，点缀着稀稀拉拉的一些村庄。村庄都不大，房子也不高，与周围的环境几乎融为一体，看不到多少人烟。田地里也没有多少劳作的农人，只有一些牛和马，随意地、懒散地吃着草。也没有看到类似中国的县城乡镇。中国的县城和乡镇都已经高楼林立，有了城市的样貌，但在巴基斯坦，这样的城镇却很少见。按理说，巴基斯坦有近2亿人，人口密度应该很大的，应该有很多人口密集的城镇的，但我却没有看到。

在巴基斯坦，天是天的颜色，云是云的颜色；树木是树木的样子，村庄是村庄的样子；高速公路任性地开放着，鸟儿任性地飞翔着，河流也任性地流淌着。

树木显得很杂乱，树木的品种也很杂乱，树木也没有多少修剪过的痕迹，歪的歪、斜的斜，枝条旁逸斜出，杂乱中显出一种秩序来，自然原始的秩序。农田也是，条块分割得并不整齐，地里的庄稼也品种繁杂，并没有整齐划一。没有看到地膜，没有看到大棚，都保持着比较自然的状态。还有河流，旁遮普平原上有四五条大河，河面很开阔，有的有几千米宽。河两边没有堤，河中间没有坝，河水任意地流淌，有的地方泛出河道，形成大片的沼泽。

如果从发展经济方面看，巴基斯坦远远落后于我们。中国驻巴基斯坦大使馆的一位文化官员说，巴基斯坦接触西方比我们早得多，他们政治上学了西方，经济上却没有学习。他们与中国的关系很好，与美国的关系也一直很好，他们完全可以照搬中国或美国的模式，但他们也没有。他们选择了自然的、渐进的发展模式。

## 友好的巴基斯坦

巴基斯坦与中国关系很好，所以中国人把巴基斯坦称为“巴铁”。“巴铁”到底有多“铁”，我这次算是感受到了。

在北京机场候机区，有许多回国的巴基斯坦人，见到我们，他们无一例外地点头微笑，还有的问“你好”！有两个巴基斯坦小姑娘，还主动过来跟我们照相。他们并不知道我们是作家，只因为我们是中国人。还没到巴基斯坦，我们就已经感受到浓浓的友情。

在飞机上，无论是乘客，还是空姐，对我们也是非常友好。飞机一到伊斯兰堡机场，巴基斯坦文化部、文学院的官员，还有我们大使馆的工作人员都来迎接。我们的飞机因为北京雷雨，晚点五个小时，他们在机场等了五个小时。更意想不到的是，中巴驶离机场，我们发现，前面有军警开道，后面有警车保护。随后的几天时间，我们的车子一上路，也总有警车护送。从伊斯兰堡到拉哈尔，沿途看了几处景点，景点上还有军乐队奏乐欢迎我们。受到这样高规格的待遇，就因为我们是中国人。

我们很感激，也很过意不去，同时也在思考。

在国与国的交往中，互相尊重、平等相待非常重要。其实，巴基斯坦对中国的帮助非常大，是第一个和我们建立外交关系的伊斯兰国家，是中国与西方之间的桥梁，中美建交，巴基斯坦也是功不可没。

巴基斯坦人对中国人的友好是发自内心的，连巴基斯坦总理谢里夫也说：“我们的友谊比喜马拉雅山高，比世界上最深的海深，比蜜还甜。”我们对巴基斯坦人的友好也是发自内心的。

## 文明的巴基斯坦

巴基斯坦是个文明古国，公元前3000年左右，古代印度河文明就产生于巴基斯坦境内。几千年来，在这块土地上产生过许多辉煌的文明，留下很多文明的遗迹。

塔克西拉古城遗址，位于巴基斯坦首都伊斯兰堡西北50多公里处，是一座建于2500年前的古城。公元前5世纪，古城所在地区成为波斯大流士帝国的一部分。公元前3世纪，由于孔雀王朝君主阿育王信奉佛教，塔克西拉进一步发展成为香火鼎盛的佛教圣地，据说中国高僧玄奘、法显都曾到过这里。这里出土的石雕佛像，有些与古希腊雕塑有着相似之处，还有些与印度佛像很相似。出土的陶器，又与中国古陶器非常相似（我在希腊也看到过这样的陶器，人类童年时期的文化有着惊人的相似性，他们虽然分处各地，但一定是用隐秘的、我们尚不知道的方式进行着交流）。这里可以说是各种文明交汇的地方。不同形式的文明呈现在一块地方，这是罕见的，1980年，联合国教科文组织将该遗址列入世界遗产名录。

拉合尔古堡，前身是泥筑的堡垒，始建于公元1021年的迦兹纳维王朝，当时只是一个用泥土筑成的军事要塞。公元1566年，莫卧儿王朝强盛时期的阿克巴大帝为了抵抗外敌入侵，在拆除旧城后修建了高墙环绕的砖石结构堡垒，最终演化成为一座金碧辉煌的皇家宫苑，并以其斑斓璀璨的莫卧儿建筑艺术神韵而被誉为“巴基斯坦的心灵”。历经数百年的风雨侵蚀和战乱破坏，古堡已经破败不堪、满目苍凉，后来也没有进行多少修缮和开发。

玻璃宫，始建于300多年前莫卧儿王朝，国王沙贾汗是一位才能平庸的统治者，却是一个情种。他有一个美丽的王妃，名叫玛哈尔，沙贾汗非常宠爱她。一天晚上，玛哈尔仰望灿烂星空，动情地对沙贾汗国王说，如果睡在寝宫里，抬头就能看到美丽的夜空，那该是多么美妙呀！为了实现爱妃的愿望，国王就召集全国的能工巧匠，在拉合尔古堡里建造神奇的寝宫。寝宫用大理石造就，上面是拱形穹顶，四面墙壁镶嵌了各色玻璃镜片。为了创造出奇幻的星空，聪明的工匠们便在穹顶镶嵌了无数的宝石和玻璃珠，只要点上烛火，各色玻璃和宝石就会交相辉映，幻化成浩瀚的星河。这座寝宫，叫作“镜宫”，也叫玻璃宫。玻璃宫于1631年完工。但在此前一年，玛哈尔王妃在分娩时不幸辞世，至死未能住进国王为她精心打造的“镜宫”。沙贾汗痛失爱妃，伤心不已，又举全国之力，为玛哈尔王妃修建了一座陵墓，这就是位于印度阿格拉的泰姬陵。国王、王妃和王朝都已经远去，却留下一段爱情故事，还有两座举世闻名的伟大建筑。

巴德夏希清真寺是巴基斯坦最大的清真寺，也是世界上最大的清真寺之一，建于300多年前的莫卧儿王朝时期，是莫卧儿王朝后期最有代表性的建筑，由莫卧儿王朝皇帝穆哈依·乌德丁·穆罕默德·阿迈提尔主持建成。18世纪遭英国殖民主义者破坏，巴基斯坦政府于1961年进行了大规模的整修。清真寺占地面积3万平方米，主体建筑礼拜大殿位于广场西侧，气势宏伟。围墙四周的4座高57米的宣礼塔高耸入云。殿内镌刻的各种美丽花纹光彩夺目。建筑具有浓厚的波斯和莫卧儿风格。

我们脱了鞋子，换上轻便的软袜，走进清真寺。进门的地方，有一位须发皆白的老者，他的目光澄澈而又深邃，脸上也有一种信仰的光彩。我们参观了清真寺内珍藏的一套《古兰经》，30卷本，全部用金丝线手工绣成，是一件罕见的艺术珍品。

## 文学的巴基斯坦

我要是说，巴基斯坦是一个文学的国度，大概没有人相信。因为我们见到的巴基斯坦文学作品很少，巴基斯坦文学在世界文学中的地位也并不突出，没有出现世界级的大作家。如果不算泰戈尔的话（泰戈尔是印巴分治以前获诺奖的，但巴基斯坦人好像并没有硬把他算成本国的作家），他们没有获诺贝尔文学奖的。

巴基斯坦最著名的诗人和思想家是伊克巴尔。伊克巴尔毕生从事诗歌创作，通过诗歌阐述他的理想并付诸实践。他生前被称为“民族诗人”，逝世后被授予“真理的代言人”和“民族的医生”称号。巴基斯坦人把他称为“国父”，当作民族英雄，在巴德夏希清真寺前，为他修建了陵墓，接受所有来清真寺参观和礼拜的人的祭拜。陵墓用大理石建成，洁净而又庄严。我们为伊克巴尔敬献了花篮。同行的巴基斯坦人在进入陵墓时都心怀尊崇。一个对诗人无限尊崇的国度，难道不是文学的国度吗？

我们这次受邀参加的是中巴文学主题相似性论坛，是中巴友好年活动的一部分，巴基斯坦方面高度重视，最初说总统或者总理要出席，后来好像因为安全原因，改由旁遮普省长出席，数十家媒体现场报道。规格如此之高，可能有政治考量，但活动的过程却全以文学研讨为主。

2015年7月28日下午，举行开幕式。本以为是几十个人的活动，但一走进会场，我们都傻眼了，有二三百人在会场欢迎我们。他们是从巴基斯坦全国各地自愿赶来的作家，最远的赶了四五百公里的路程。跑那么远的路，因为中国作家，更因为文学。简短的开幕式后，就进入了文学交流环节，他们互相交流，也和我们交流。他们对中国文学很陌生，仅仅知道鲁迅等极少的中国作家，甚至连莫言都不知道。我们也一样，对他们的当代作家几乎一无所知。但这好像并没有影响我们之间的交流，互相问了许多幼稚可笑的问题，互相笑着送书、合影。文学拉近了我们之间的距离。

第二天是论坛，参会的人并没有减少，还是有二三百人。据介绍，巴基斯坦当代最著名的一些作家、诗人都到了，还有几位须发皆白的老作家，被人搀扶着坐在主席台，坚持了一天时间。一天的论坛，排得很满，我们去的作家、学者都发了言，巴方也安排了很多作家、学者发言。由于语言不通，翻译的水平也不高，我们基本上是各说各的；也由于对对方的文学不了解，也只能各说各的。但我们互相都有了解的渴望，都希望了解对方的文学，并通过文学了解对方的生活状态。文学是最能了解一个国家、民族生活状态、风俗习惯和思想心理的方式。中巴之间应该尽可能多地互相翻译文学作品，这对建立长期友好的关系非常重要。

论坛结束后，晚上安排了一个诗歌朗诵活动。巴方的诗人们一个个走上台去，朗诵自己的诗作。台上有老作家们作评判，台下的作家们则不时地叫好，气氛非常热烈。诗歌是最难翻译的，所以，巴方干脆没有安排翻译，我们只能用心去感受，感受诗韵、感受诗意，也感受浓浓的诗歌氛围。

我对巴基斯坦诗歌有些了解，他们的诗歌有着浓厚的苏菲神秘主义色彩，大多是以爱情为主题的。但爱情包含着两个层面的意思，一层是世俗意义的，还有一层是宗教意义的。爱情诗表达的其实是对上苍的无限崇敬和热爱。爱情的痛苦，其实也是苦行苦修的一部分，是追求精神净化的必由之路。同样，他们的小说也朴素自然，并没有一味地学习西方，很好地保留着自己的传统。这与他们的经济发展情况一样，非常难得，值得尊敬，值得学习。

# 希腊纪行

2010年5月4日至11日，随中国作家代表团访问希腊，记下途中见闻和一些思索。

代表团由中国作协书记处书记杨承志，作协外联部副主任张涛，作家韩少功、徐小斌、李进祥，翻译家李成贵、陈树才七人组成，杨承志任团长。

## 图书馆的冷清

希腊国家图书馆紧挨着科学院，是一幢新古典主义的建筑，高耸的大理石柱，神庙式的廊檐、雕塑、壁画，显得典雅厚重，真有些图书馆的样子。

副馆长到门口迎接我们，先给我们介绍了图书馆的建设、馆藏图书等情况，才带我们走进大厅。大厅兼具藏书和阅览两种功能。藏书看上去很丰富，环绕一周，从地到顶四层书架，书摆得满满当当。图书装帧都古朴精美，应该是古希腊那些伟大的神话、悲剧、哲学之类的著作。也有当代作家的作品，陈列在最下面一层的玻璃橱柜里。打头的是卡赞扎斯基的书，他是希腊现代最伟大的作家，地位相当于中国的鲁迅，但中国人很少知道他。

图书借阅也很方便，三层木质环梯，连通所有书架，能取阅到任何图书，几十个工作人员随时等待着为读者服务。大厅里摆放着一排排木质的桌椅，每张桌子上还有一盏很古朴的台灯，很适合阅读，图书馆为读者想得很周全。但偌大的图书馆里却没有多少读者，大概数了数，最多不超过二十人，比工作人员还少。

到阅读大厅，副馆长介绍的声音明显放低，走路也蹑手蹑脚的，这是对阅读的尊重，也是生怕打扰了仅有的那几个读者。我们也很小心地走了走，看了看，很快就出来了，是怕扰了那份冷清。

## 作家协会的窘境

2010年5月7日下午，希腊文化部派员把我们送到希腊作协，根据安排，要与希腊作协联合举办作家交流活动。

希腊作家协会在地处偏僻的一幢很小的房子里办公，那幢房子好像还不全是作家协会的，门口的牌匾很小，不注意看不出来。工作人员领我们到二楼，敲了半天门，才有人开门。进门才看清，那间房子是兼做办公室、会客室、会议室的。一张不大的圆桌，摆了七八把椅子。两组沙发很有些年头了，海绵塌陷得坑坑洼洼，皮面显得皱皱巴巴。

听说座谈交流就在这间房子里，我们几人都有些失望，看来参加的希腊作家不会很多。

等了一会儿，陆续来了几个人，希腊作家协会主席也到了，就把我们让到圆桌上坐了，他们的几个人散坐在周围的沙发和椅子上。

座谈会开始，希腊作协主席先介绍他们的情况，他们全国共有作协会员300多名，机关只有四五个人。杨承志书记也介绍了我们的情况，听到我们有9000多名会员时，他们都显得很吃惊。

又互相提了几个问题，当问及严肃文学情况时，希腊作协主席直摇头，说情况很糟糕，严肃文学没人看，出版很难，很多作家改写通俗的东西了。问及古代文明的传承与发展时，又是直摇头，说古希腊神话、悲剧几乎没人提及，年轻一代作家更是把那些全丢掉了。看来他们和我们的情况很相似，文明古国的情况相似，全世界的情况都相似，后现代的东西对传统文化的冲击是普遍现象。

座谈结束，文化部的陪员说，希腊作家协会没有经费，全靠赞助，在目前的经济环境中，日子更加困难。我正在唏嘘，韩少功说，这不奇怪，不仅是希腊，许多小国家的作协都是这样。

看来中国作协还是很好的。

## 诗人的无奈

在希腊文化部组织的作家交流会上，我认识了希腊诗人瓦尔，他在希腊文学界是很有些地位的，受邀参加过七八十个国家的诗歌节活动，也到过中国，参加过青海湖国际诗歌节。他还到过北京、上海、西安等地，与中国的一些作家、诗人有交往，同去的诗人树才与他也认识。他还会些简单的中文，席间离场吸烟时，我和他聊了聊。

我问他希腊读诗的人多不多，他摇着头说，很少有人读诗，比中国差多了。他竟然认为中国还要好一些。问他的诗集出版和发行情况，他苦笑了一下，说也不很乐观。问他希腊是欧洲文明的源头，现在是否与西欧同步，或者反过来受到西欧或者美国的影响。他没有正面回答，神经质地大笑了几声，说现在世界都一样。

我不好再多问文学上的事，随意地和他又聊了几句，他不时神经质地笑一声。抽完一支烟，没多少可说的，我们又回到席间。席间一位女作家正在介绍她的情况，她说自己的作品不愁出版，因为她自己有一家出版社。她的丈夫是位银行家，本来一直资助她出书，后来干脆给她办了个出版社。

席间还说了很多冠冕的话、客套的话，那算不上真正的交流。但我没有再和其他希腊作家单独交流，对他们的处境，我已然明白。

回住处的途中，和诗人树才说到了那位诗人，树才对他有些了解，说他的情况也不好，参加各种诗歌节也是到处走走，经常写些异国见闻之类的文章，挣点稿费，聊以度日而已。

## 尼克的焦虑

尼克是希腊文化部的一名职员，几天来一直陪着我们。他三十多岁，毕业于希腊最著名的雅典大学，又在文化部任职，应该算是年轻有为了。但几天来，他一直显得很急躁，眼神中有一种忧郁，还有一种焦虑。

他的焦虑不是因为我们，而是因为他的孩子病了。他说孩子在发热咳嗽，怕我们不懂，他边说还边咳嗽了几声。他成家了，有个漂亮的妻子和一个九个月大的孩子。孩子生病了，大概就是感冒，不是很严重，但他不时地打电话询问，显得非常不安，甚至有些神经质。

尼克给我们看了妻子和孩子的照片，有些夸耀的味道。他还说要生三个孩子，但我感觉他要不了三个孩子，三个孩子只是他的一个梦想，和他许多的其他梦想一样，都很难实现的，他为这些梦想焦虑。

果然，后面几天，孩子好些了，但他还一直是焦虑的神情。

最后一天，我们参观完运河，去机场时间还有些早，尼克提议我们到他家去，是去他农村老家。也是候机回家，闲来无事，几个人就答应了。

车跑了一个多小时，才到尼克老家。那是一个背山面海的小村子，环境非常美，房子也修建得很漂亮，别墅一样，只是看不到多少人。尼克家的房子更漂亮，也是没有人。尼克在门口的筐子里找到了钥匙，打开了门，让我们坐了，他忙忙地煮咖啡。

我们在前院后院随意走了走，每个人都感到震惊，没想到他家会这样好。到处是树木，枝头果实累累，熟透的果子随意掉在地上，到处是鲜花，也都悠闲地开着。我们每个人都感叹，似乎对尼克的好感也油然而生。也许尼克拉我们来的目的就在于此。也不完全是，尼克还打电话叫来了他姨妈、表妹等亲戚，把我们介绍给他们，很显然也有些显摆的意思——来自中国的作家到他家，也是件很荣幸的事。

尼克的目的似乎还不是这个。他又拉我们在她表妹家开的饭馆里吃了饭，说是请客，但我们付账时，他也没怎么推脱，照收了钱。

想着让她表妹挣钱，这应该是最终目的了，却还不是。吃完饭，他不好意思地说，希望我们回去后，能给希腊文化部写封信，对他这几天的工作提出表扬。我们都答应了，但心里的感觉不好，为这个，他竟绕了这么大的一个圈子。

想想又觉得释然，希腊的经济情况不好，政府机构面临裁员，得想办法保住岗位、保住饭碗，尼克也有他的难处。

这也许是尼克焦虑的原因？感觉也不全是。梦想和现实的冲突很厉害，未来的希望很渺茫，这才是他焦虑的深层原因吧。也许不只是他的，是希腊年轻一代共有的焦虑。

## 音乐会的暮气

希腊文化部安排我们听了一场音乐会，是在雅典最著名的音乐厅。领队提前通知我们着正装，我们就西装革履地前往。希腊人也都男人扑粉、女人浓妆的。一进大厅，就闻到一股扑鼻的香粉和香水味。

听众陆续进场，都温文尔雅、彬彬有礼的，谈话打招呼都含蓄而矜持。落座以后，我发现，几乎座无虚席。我还发现，还没开幕，座位上就没有一个人走动，没有一个人说话，心里暗生敬佩。

音乐会开始，没有报幕，没有介绍曲目，也没有介绍指挥、第一小提琴手、钢琴师。指挥出来，掌声响起，指挥鞠躬后，回身举起指挥棒，掌声戛然而止，音乐声起。很长的一个曲子，我听不出是什么曲子，但他们似乎都听懂了，一动不动，沉醉在音乐中。曲终，音乐止，掌声起，是经久不息的，又是有节制的。指挥谢幕两次，掌声才落。

钢琴师出场，又是热烈的掌声，琴声起，掌声落。四个乐章弹完，掌声又起，更加热烈、持久，还有一名观众上去献花，只有一个。钢琴师谢幕三次，又答谢了一段，才被掌声送下去。

又一曲开始，还是一样。台上台下没人说一句话，一切似乎都是有程序的，是庄严的。我感到肃穆，但同时也有些压抑。扫视了一下全场，竟看到满场的白头发、秃顶，还有身体臃肿的中老年妇女，但几乎没有年轻人。音乐也全是古典的，演奏的整个过程中，我一直沉浸在希腊神话和悲剧的情景中。

两个小时后，曲终人散，人流缓步出来，果然全是些老人，听完音乐，脚步越发滞重缓慢。我的心里很复杂，一边想，这样好的文化，年轻人竟不喜欢；一边又想，这样的文化，年轻人当然不会喜欢！

等车来接我们，就看着那些老人们缓步走散了。一群年轻人走过来，笑笑闹闹地走过来，他们也许是从哪个迪厅或是夜总会出来，一个个步态轻盈，充满活力，他们喜欢的是另一种音乐，他们过的是另一种生活。我说不清哪种音乐更好些，哪种生活更好些。

世界正在变化，希腊也在变化，在这个急剧变化的世界里，古老的文明总是显得有些尴尬。

# 应该在母体文明中寻找文学创新的智慧和灵感

关于文学创新，这是被争论无数次的一个话题。但每个时期、每次争论都是有意义的。由于地处偏僻，信息相对闭塞，接受西方的东西比较少，我的写法偏向于老土，观点也倾向于保守。来鲁院本来是要学些新思想，找到个突破口的，但旧观念一时很难改变，知道不合时宜，但还是说出来与大家探讨。

探讨的第一个问题是：学习西方就是创新吗？

曾有一个很有名的作家，给我面授机宜：我们现在经历的，西方已经经历过，拿他们现成的经验就够了。这条妙计对我，对一个小作家，的确是够了，但对中国文学，很显然是不够的。我总感觉，我们的创新之路，距离西方有些太近了。所谓的一些创新，都能在西方找到原型或者影子，只是有些影子深些，有些影子淡些。

我们学习或者说模仿的存在主义、达达主义、后现代主义之类的主义，先锋派、心理分析学派之类的流派，意识流、时空移位、剪切拼贴、无意写作之类的手法，几乎全部来自西方，只是有些是几十年前的，有些是几年前的，有些是正在流行的，如此而已。我认为，这不算明智的创新之路。大量的模仿，也出了一些好作品，改善了中国文学的品格，但我们丢掉的东西更重要，那就是中国文学的尊严。

第二个问题是：我们在学习西方，西方在干什么？

西方人提出“上帝死了”“艺术死了”“人死了”之类的话，我们听着很过瘾，很有些孤标傲世的味道。我们以为他们是在哗众取宠，也就拿过来哗众取宠。其实，那应该是西方真正有良知的知识分子发出的惨叫或者是呐喊。他们也在说他们的文学艺术是“狗屁不如”“一堆垃圾”。说明什么？说明他们在经历了一系列撕裂、打碎、消解之后，也是迷失了，找不到路了。

西方也在反思，在回归，在找一条返璞归真的道路，找精神的根脉、艺术的根脉。向哪里找呢？在向其他弱势文明、弱势民族那里找。20世纪中叶以前，他们到世界各地掠夺财富，之后他们重点转向掠夺文化。这一点只是我的直觉，或者说是猜测。

人类学表面上是全人类的，但真正的立场还是西方的，是站在强势文明的角度上的，我不认为他们是在放眼世界，虚怀若谷地接纳其他文明。他们不会傻到认为世界上三分之二的人民还生活在水深火热当中，就担当起解放全人类的重任。他们只是在找药，用来疗救他们的精神、他们的文明、他们的艺术。

我们刚刚看过的《阿凡达》，上面提到的地球和潘多拉星球，我觉得可以看成是东方和西方，强势文明和弱势文明。电影的结局很荒唐，不符合实际，但却符合人心——高度发达的物质文明并不一定是人们所需要的，朴素的文明恰恰是人向往的。西方人看到了，但他们不会走，想走也走不通。西方的路并不在潘多拉，不在其他文明里，而在他们自己的文明根脉里。

第三个问题：我们的创新之路在哪里？或者说，我们如何更好地叙写中国经验？

我们的路，当然也在我们的文明根脉里。

中国经验是中国文化的产物，是中国人思维方式的产物（当然不排除学习西方经验，但内里是中国的）。中国人的思维方式，是与西方人有较大差异的（都是人类，当然没有根本的不同）。这种差异表现在宗教信仰、世俗民风、认识世界的角度、待人接物的方式上，也表现在绘画、音乐、舞蹈、建筑等艺术领域。这些差异也表明，我们跟着西方走是走不通的。

我们应该从我们古人的智慧里寻找创新的灵感、方法和通道。从诗经、楚辞、汉赋、唐诗、宋词、元曲、明清小说里去寻找，从国画、书法等艺术领域去寻找。不是模仿，是寻找灵感和创新。我自己非常喜欢《红楼梦》，大概读过三五十遍，喜欢《聊斋志异》，大概读过几百遍。其他任何外国文学作品我都没有这样读过。我也从《聊斋志异》中获得了一些灵感，找到了网络、手机、相机甚至是火车、汽车等通向隐秘世界的通道，正在写一个“都市聊斋”和“乡村志异”系列的东西，有机会再与大家探讨。

我不反对向西方学习，借鉴西方的东西，但能给我们最多的还是母亲，能真正帮助我们成长的是母体文明，能滋养或者说拯救中国文学的，只有中华文明。

# 记录我的世界杯

## 世界杯因充满变数而尽显魅力

有人预测，本届世界杯是属于西班牙的，也有人说，本届世界杯是C罗的。但首场比赛，C罗并没有表现出大将气魄，西班牙也没有显现出王者风范。两队一平一输，虽不能完全决定比赛走向，但已经让所谓预言者大跌眼镜。其实世界杯就是世界杯，不是某人某队的，魅力就在变数中。

## 朝鲜队踢的不是足球，而是国格和人格

朝鲜队1：2输给巴西，单单用虽败犹荣远不能说明。他们真正在为国家而战，为民族而战，他们真的做到了，赢得的不仅是尊敬。他们的脸上有眼泪，也有坚毅，那是人的情感和信仰的力量。

## 唐诗的巴西，宋词的西班牙

喜欢巴西足球，也喜欢西班牙足球，没来由地喜欢，像喜欢一篇文章，喜欢一首诗一样。也许是他们艺术的足球和足球的艺术。如果真从艺术的角度看，感觉巴西足球就像唐诗，规整中不乏飘逸，格律中蕴满激情，准确、有力，具有穿透性，有李白“黄河之水天上来”的豪情，还有杜甫“安得广厦千万间”的犀利。西班牙足球表面看似激情似火，但内里却是细腻、婉转、千回百转、悲情充盈的，更像宋词，虽然有时也有苏轼“大江东去”的雄浑，但更多的是“众里寻他千百度”的迷茫和惆怅。

## 不幸言中

早上在博客中说到德国队会输球，到晚上，德国真输球了。我不是预测，只是说一种规律，但却不幸言中。感觉不是高兴，也不是沮丧，只是觉得比赛本来就这样。塞尔维亚今天发挥得很好，令人尊敬。德国队则是心态不佳，战术不佳，运气不佳，但毫不否认，德国队是一支很强大的队伍，他们还有机会。

## 胜负本来平常事，欣赏比赛最要紧

世界杯战事正酣，胜负扑朔迷离，西班牙输球、法国输球、尼日利亚输球、韩国输球，弱队输球，强队也输球了，世界大同，强弱本来不显著。后面还会有德国输球、阿根廷输球、巴西输球的事情发生，而且一定会发生。有比赛就有胜负，这是常事、常识，毕竟冠军只有一个。

# 小品二篇

## 同林三月

近年来很少动情，身未老朽，心如止水，以为聚而无乐，离而无哀，素艳不动，宠辱不惊。晨起闻小院鸟鸣，叽叽喳喳，本是林间婉转，当属乐音。听之良久，竟心生感伤，一时心中五味杂陈。遂摹古风一首，以遣情怀，以送师友。

麻雀叽叽，喜鹊喳喳，同林三月，从春到夏。晨兴和鸣，夜月共栖，虽曰非类，已如一家。

麻雀叽叽，喜鹊喳喳，同行三月，由春到夏。燕雀北望，乌鹊南飞，殷殷不舍，绕树三匝。

麻雀叽叽，喜鹊喳喳，同栖三月，自春到夏。众鸟离林，各奔西东，麻雀音哀，喜鹊声哑。

## 花醉了

花醉了。不是比喻，不是笑话，是真事。朋友的一瓶黄酒，发酸，喝不成，就送给我，说是浇花好。我昨天试着给一盆兰花浇了些，今天就不对劲了，叶子全蔫了。花叶不枯不萎的，但却软塌塌、晃荡荡的，想想，应该是醉了。赶忙浇了些清水，花叶稍稍激灵了点，但还是醉醺醺的，花盆里、花叶上，都有一股酒味。我有些担心，也有些希望，人醉了能醒来，花醉了，也能醒来吧？

# ·第二辑 读书论事·

# 读史随笔：酷吏为什么那样“酷”

太史公作《史记》，记录好人好事，也记录坏人坏事。大仁大义大智大勇者有传，佞幸滑稽贪婪残酷者也有传。不能说他是要还历史的本来面目，但至少可以说他是想记录世事百态。大仁如孔子者，不掩盖他的虚伪；位高如汉武帝者，不隐瞒他的奸诈；败如楚霸王项羽者，不淹没他的勇武豪气；成如齐桓公重耳者，不隐讳他们的贪图安逸。太史公作传，着眼的是人，也就是现在所谓的“以人为本”，“不虚美，不隐恶”，从而写出了人的复杂，人性的复杂。

《酷吏列传》短短几千文字，描写了汉代的十一个酷吏，即郅都、宁成、周阳由、赵禹、张汤、王温舒、义纵、杜周、尹齐、减宣、杨仆。十一个酷吏，虽然相同点是刻深严酷、刻轹宗室、侮辱功臣，但具体却各有各的酷处。

# 酷吏之酷

郅都之酷，正面写了一件事，他在审临江王时，临江王想要点纸笔给皇上写信，他不给，逼临江王自杀了。列侯宗室见了他，侧目而视，给他起了个外号叫“苍鹰”。侧面描写两件事，孝景帝让他做雁门太守，匈奴知道他的为人，引兵退去，到郅都死都不敢进犯雁门。匈奴恨他，把他的人像做成箭靶，让士兵们射击，没有一个能射中，怕他怕到这个样子。敌人尚且如此，百姓的恐惧可想而知。

宁成和郅都是同道，比郅都有过之而无不及，“为小吏，必陵其长吏；为人上，操下如束湿薪”，连郅都“素闻其声，善遇，与结欢”。那时九卿犯了死罪就处死，很少受刑，但宁成总是用尽酷刑，使宗室豪杰人人惴恐。当时俗话说：“宁见乳虎，无值宁成之怒。”

周阳由的暴酷骄恣，不在前两人之下。“所爱者，挠法活之；所憎者，曲法诛灭之。所居郡，必夷其豪。为守，视都尉如令。为都尉，必陵太守，夺之治。”其他人如何怕他，并没有写，但连与他同朝为官，职位相当的人，与他同车都不敢和他平分座位。

赵禹、张汤又是一对儿。“赵禹迁为中尉，徙为少府，而张汤为廷尉，两人交欢，而兄事禹。”赵禹办案，根本不勘察，多用酷刑，屈打成招，见法律条文就判。张汤为人多诈，舞智以御人。河东人李文与张汤有点过节，张汤就找人告发李文，案子由他审理，张汤定罪杀了李文。有趣的是，张汤犯事，偏是赵禹审理，张汤还想狡辩，赵禹说：你怎么一点儿分寸也不知，你杀了多少人了，还想对簿公堂吗？张汤知道过不去，就自杀了。

王温舒是张汤的部下，督盗贼，杀伤甚多。捕郡中豪猾，相连坐千余家。大者至族，小者乃死，流血十余里。郡内道不拾遗，没有盗贼，人不敢说话，不敢夜行。

义纵比王温舒还好杀，他当定襄太守的时候，把狱中二百多名犯人，连同探视犯人的亲戚朋友二百余人一起杀了，说是“为死罪解脱”。郡中人人不寒而栗。有趣的是，义纵当了南阳太守，恰好宁成家在南阳，他找路子把宁成下了狱，“尽破碎其家，成坐有罪”。

杜周是义纵的爪牙，张汤的部下，张汤推荐他做了御史。让他拷问守边的逃兵，他就杀了很多人。当了廷尉后，完全凭酷刑定案，比王温舒等人还暴酷。

尹齐是张汤的部下，得到张汤的推荐，以刀笔吏升迁御史，督盗贼，所斩伐不避贵戚，比宁成的名声还大。

减宣和郅都是同乡，最初是卫青推荐做的官，后来升到御史，勘狱办案，微文深诋，杀者甚众。

杨仆以千夫为吏，因严酷升迁为御史，因严酷又升主爵都尉，他的暴酷没有多写，只写他治理仿效尹齐，办事凶悍。

太史公写了十一人，没有多写，只写了每人的一两件事，但现在读来，还叫人不寒而栗。暴虐如此，哪有人性？但太史公偏偏又写了他们的人性，还写了他们的长处。

## 酷吏之长

郅都伉直，为人勇，敢于直谏，争天下大体，敢于面折大臣于朝堂之上，竟是魏徵、海瑞一类的人物。郅都的廉洁奉公也可比魏徵、海瑞。当官的时候，“不发私书，问遗无所受，请寄无所听。常自称曰：‘已倍亲而仕，身固当奉职死节官下，终不顾妻子矣’”。

张汤也廉洁，死后，家产不过五百金，都是所得的俸禄和赏赐，无他业。家人想厚葬他，汤母曰：“汤为天子大臣，被污恶言而死，何厚葬乎！”载以牛车，有棺无椁。天子闻之，曰：“非此母不能生此子。”

宁成任侠，有豪气，他说：“仕不至二千石，贾不至千万，安可比人乎！”他弃官经商，“乃贳贷买陂田千余顷，假贫民，役使数千家。数年，会赦。致产数千金，为任侠，持吏长短，出从数十骑。其使民威重于郡守”。

赵禹、义纵、王温舒、尹齐、杨仆、减宣、杜周等人，不畏盗贼、豪强、权贵，据法守正，重典治世，皇上以为“能”，太史公也说“其廉者足以为仪表”，“方略教导，禁奸止邪，一切亦皆彬彬，质有其文武焉。虽惨酷，斯称其位矣”。

太史公那时还不懂辩证法，不知道一分为二，他这样写，完全是在写人，写出人的多面性、复杂性，现在的写作者应当多学学。

## 酷吏其人

太史公写这些酷吏，还写出他们人性的多个侧面。

写郅都的一件事，很有趣。郅都有一回随孝景帝到上林苑，贾姬也去了。贾姬如厕，上林苑厕所可能简易，有个野猪跟进厕所。皇上给郅都使眼色让他进去救护，郅都不去，也是不好进去。皇上“欲自持兵救贾姬，都伏上前曰：‘亡一姬复一姬进，天下所少宁贾姬等乎？陛下纵自轻，奈宗庙太后何！’”。皇上无奈退回，还好野猪跑出来了。太后听说了，赏赐他黄金百斤，从此很看重他。一件小事，把郅都对皇上的忠诚，对社稷的重视，对礼节的坚守，还有对贾姬生命的无视，都写出来了。忠于皇权，无视生命，这也是郅都暴酷的原因。

写张汤少年时的一件事，更叫人心惊。“张汤者，杜人也。其父为长安丞，出，汤为儿，守舍。还而鼠盗肉，其父怒，笞汤。汤掘窟得盗鼠及余肉，劾鼠掠治，传爰书，讯鞫论报，并取鼠与肉，具狱磔堂下。其父见之，视其文辞如老狱吏，大惊，遂使书狱。”从小就能挖出偷肉的老鼠，审判它，判词如老狱吏，并把鼠碎尸处死，可见生长环境对他的影响，其后成为酷吏也就有了缘由。

杜周为廷尉，他判案就模仿张汤，也善于揣测主上的意思，“上所欲挤者，因而陷之；上所欲释者，久系待问而微见其冤状”。可见酷吏之酷也不全在自己，而是在尊皇上、上司的意思，也是不得已而残酷。文中多次写道，对这些酷吏，“上以为能”。皇上假仁假义，假廉假孝，却把暴酷之心，通过这些酷吏发泄出来，酷吏之酷，原来是皇上、朝廷之酷。皇上平日里利用这些酷吏，到关键时候，为了平息愤怒，却拿他们挡箭，毫不手软地杀掉他们。

## 酷吏之死

《酷吏列传》所举的十一个人，除了赵禹得以寿终，杨仆病死，其余人不是被杀，就是被流放，几乎没有一个善终。

张汤深文酷治，上至公卿，下至百姓，皆怨。后朱买臣、王朝、边通三长史合谋陷汤，赵禹审理，知其不能免，逼张汤自杀。张汤临死前上书皇帝诉说冤情，皇上感动，下令杀了三长史，丞相也牵连自杀，一命竟换得三长史与丞相之命相抵，临死亦极酷烈。

减宣获罪自杀，郅都被斩首。有意思的是，酷吏之间也互相残杀，义纵没收了宁成的家业，将宁成治罪。

最惨的是王温舒，获罪，自杀，灭族。恰好两个弟弟及两婚家亦各自犯他罪而族灭。光禄徐自为曰："悲夫，夫古有三族，而王温舒罪至同时而五族乎！"

《酷吏列传》中还提到了一个人晁错，但因晁错和袁盎有合传，这篇中没有再费笔墨。晁错是谁？汉景帝迁其为御史大夫，其为人刚直苛刻，直言敢谏，也是个有名的酷吏。晁错是怎么死的？晁错主张严刑峻法，强力削藩，激起七国之乱，被当作替罪羊，腰斩灭族。

其实还有一个，《酷吏列传》中没有提到，单独有列传的商鞅。太史公详尽地写了他好刑名之学，相秦十年，变法图强，严刑峻法，使秦国道不拾遗，山无盗贼。太子犯法，他说："法之不行，自上犯之"，刑其太傅公子虔与老师公孙贾。后来太傅公子虔复犯法，商鞅施以劓鼻之刑。商君之法太过刻薄寡恩，设连坐之法，增加肉刑、大辟、凿顶、抽肋、镬烹之刑，积怨太深，被告谋反，商鞅逃亡至边关，欲宿客舍，店家害怕"连坐"不敢留宿，自是"作法自毙"，无处可逃，被秦兵杀死，死后又被处"车裂之刑"，并灭族。

太史公对他的评价比《酷吏列传》中的酷吏还差："商君，其天资刻薄人也。迹其欲干孝公以帝王术，挟持浮说，非其质矣。且所因由嬖臣，及得用，刑公子虔，欺魏将昂，不师赵良之言，亦足发明商君之少恩矣。余尝读商君开塞耕战书，与其人行事相类。卒受恶名于秦，有以也夫！"

在《酷吏列传》最后，还列举了几个酷吏："至若蜀守冯当暴挫，广汉李贞擅磔人，东郡弥仆锯项，天水骆璧〔椎成〕当作"推咸"，河东褚广妄杀，京兆无忌、冯翊殷周蝮鸷，水衡阎奉朴击卖请。何足数哉！何足数哉！"连用两个"何足数哉"，可见酷吏之多，可见他痛恨之深、忧虑之深。

太史公对这些人应该是痛恨的，但在痛恨之下，他并没有把这些人写成嗜杀的魔鬼，而是三言两语，刻画出人物性格，把握之准，意味之深，令人叹服。一篇短文，写十几个酷吏，裁剪得当，详略有度，各见其人，各闻其声，笔法之妙，虽鲁迅等人也难望其项背。

《酷吏列传》人酷文更"酷"。

# 读史随笔：影响韩信命运的四个女人

成也萧何，败也萧何，这句话是说韩信的。韩信还在微末之时，由萧何推荐给刘邦，成为大将军，帮助刘邦打下了汉朝江山，自己也成就了一世英名。后来，天下大定，韩信怕“兔死狗烹，鸟尽弓藏”被刘邦杀害，就联合陈豨谋反，又是萧何与吕后定计，诱捕了韩信，杀了他，并夷三族。

萧何月下追韩信，被传为千古美谈，成为举贤荐能的典范。萧何帮助吕后诱杀韩信，也似乎是为汉室、为国家着想，无损萧何贤者之名。但对韩信来说，成败都是萧何，有点宿命的色彩。所以后来就有人在韩信墓前祠堂中，题写一联：“生死一知己，存亡两妇人”。“一知己”，就指的是萧何。萧何算不算韩信的知己，有待商榷；但萧何把他荐给刘邦，让他这个贫家子弟平步青云，又是萧何最后把他送上了不归之路，“生”“死”皆由一人，却是事实。楹联中的“两妇人”，指的是韩信贫贱时给他饭吃的漂母和后来杀他的吕后。正是这一男两女，决定了韩信一生的命运。

其实，《史记·淮阴侯列传》中，还记载了两个女人，或多或少也影响了韩信的命运。

一个是他的母亲。史书上并没有记载韩信母亲的姓氏名讳、生平事迹，也没有类似“孟母三迁”“岳母刺字”之类的故事流传下来。《史记·淮阴侯列传》正文中，也没有一字提到韩信的家人和他的母亲，只是在结尾处的“太史公曰”中记下了几句：“吾如淮阴，淮阴人为余言，韩信虽为布衣时，其志与众异。其母死，贫无以葬，然乃行营高敞地，令其旁可置万家。余视其母冢，良然。”

中国汉族安葬已故的亲人是很讲究的，认为坟地要选在风水好的地方，能保佑后世子孙发达兴旺。韩信之所以为母亲精心选择“其旁可置万家”的墓地，就是希望将来自己能有出息，将来要当万户侯。

野史传说中，也有很多韩信葬母的故事，有说是韩信得到风水先生的指点，有说是韩信偷听了风水先生的谈话，还有说韩信听说那块地方如果做了阴宅，子孙要大富大贵，封侯拜相，就设计活埋了母亲。这些传说都并不可信，但说明淮阴一带对风水很讲究。韩信把母亲安葬在高敞之地，相信能带给他福荫，这无疑对他是一种心理暗示。这种暗示对他的人生目标和人生走向是有一定影响的。

还有一个是下乡南昌亭长之妻。韩信出身平民，又是个间题少年，德行不好，不能被推选为官吏，又不会耕田种地，不会经商做生意，没有收入来源。母亲死后，孤身一人，常常赖在别人家，混口饭吃，因此许多人都讨厌他。他和一个担任南昌亭长的人关系好些，常跟着他到其家里去蹭饭。“数月，亭长妻患之”，就一大早起来，在被窝里偷着吃了。到吃饭的时候，韩信去了，她就不做饭了。韩信明白了她的意思，恼羞成怒，就走了。

这对韩信来说，应该是个打击，更是个刺激，刺激他从军征战，出人头地。事实证明，这个刺激深埋在韩信的心中，一直没有忘记。帮助刘邦打败项羽后，他做了楚王，招来下乡南昌亭长，给了他一百铜钱，辱没了他几句：“公，小人也，为德不卒。”意思是，你没有长期“为德”，给我饭吃，你是个小人。骂亭长的话，其实也是骂亭长妻子的话。被窝里吃饭的事，很显然是亭长妻子的主意。亭长妻子没有被招来，也许是她已经过世，也许是不便，谁知道。其实，韩信应该厚赐亭长夫妻才对，如果一直让他蹭饭吃，也许他就会无所事事，终老乡间。

韩信恼羞成怒，从亭长家走掉后，并没有立即找到好的出路，没有饭吃，只能找了个钓鱼竿，在城边小河里钓鱼混肚子。鱼可能不多，韩信的钓鱼竿也不好，钓鱼技术更不行，钓到的鱼很少，韩信还是常常挨饿。同在小河边的一个洗衣妇看他可怜，就给他饭吃，吃了几十天，韩信高兴了，说：“吾必有以重报母。”洗衣妇恼了，说：“大丈夫不能自食，吾哀王孙而进食，岂望报乎！”这就是《漂母饭信》的故事。

韩信受了这番刺激，才“仗剑从项梁”，走上了戎马生涯，最终成就了一番伟业。当上楚王后，韩信没有忘记一饭之德，“召所从食漂母，赐千金”。与对待亭长夫妻有天壤之别。其实，亭长夫妻与漂母一样，给韩信的都是刺激，只不过一个是正面的，一个是反面的，对韩信的影响是一样的。

母亲、漂母、亭长之妻，这三个女人给韩信的影响都是间接的，直接影响韩信命运的女人是吕后。

汉十年，陈豨谋反。刘邦亲自率兵前去征讨，韩信称病不随高祖出征，暗地里派人到陈豨处联络，想在京城策应，谋划赦放那些在官府中的囚徒和官奴，率领他们去袭击吕后和太子。部署已定，却走漏了消息。吕后与相国萧何商议，谎称陈豨已被杀死，诸侯群臣都进宫朝贺。萧何欺骗韩信说：“虽然您有病，还是要勉强朝贺一下。”韩信入朝进贺，吕后派武士把韩信捆起来，在长乐宫的钟室里斩杀了他。

吕后杀韩信，不能用“最毒莫过妇人心”来解释，她是为自家天下，无可厚非。倒是韩信在临斩时说：“吾悔不用蒯通之计，乃为儿女子所诈，岂非天哉！”没有用蒯通的计策，反汉自立，韩信心有不甘；被一个女人设计杀掉，韩信更是心有不甘。

成也女人，败也女人，韩信的命运竟与女人如此关联。

史书上并没有记载韩信有好女色的倾向（倒记载了刘邦好色贪财），也没有记载韩信儿女情长的一面（倒记载项羽和虞姬生离死别），甚至没有关于他家庭、妻妾的记载；野史中也没有任何关于韩信与女人的风流韵事。可见，用女人的影响来说韩信的成败，是有些牵强。

其实不仅是吕后，刘邦早有杀韩信之心。汉六年，有人告韩信谋反。刘邦用陈平的计策，说天子要外出游览云梦泽，巡视会见诸侯，通知诸侯到陈地相会，其实是想诱杀韩信。韩信感觉到了，但又认为自己无罪，就去陈地谒见刘邦，为了证明自己没有谋反之心，还捧着钟离眛头，献给刘邦。刘邦令武士把韩信捆绑起来，放在随从皇帝后面的副车上。韩信说："果若人言，'狡兔死，走狗烹；高鸟尽，良弓藏；敌国破，谋臣亡。'天下已定，我固当烹！"

高祖这次没有找到韩信谋反的确凿证据，就赦免了韩信的罪过，改封他为淮阴侯。这次没有杀掉韩信，但刘邦杀韩信的想法没有改变。

这以后，刘邦有一次说起诸将带兵多少的事，刘邦问韩信，你看我能带多少兵？韩信直说，你能带十万兵。刘邦又问，你呢？韩信说，多多益善。韩信真是书生气得可以，坦率地冒傻气。虽然他紧接着又说，陛下不善带兵，但善于带将，不是人力，是天授，但刘邦的提防之心更重了，杀他之心也更重了。所以说，即使吕后不杀韩信，刘邦也迟早会杀他。

韩信为何注定被杀？

按太史公说的："假令韩信学道谦让，不伐已功，不矜其能，则庶几哉，于汉家勋可以比周、召、太公之徒，后世血食矣。”太史公在这里对历史做了假设，历史本来是无法假设的。太史公认为韩信被杀是自恃功高，自矜己能，不懂得退让，我认为这也有些牵强。韩信十几岁时，就有容忍胯下之辱的度量，戎马半生，不惑之年了，修为应该更高了，不懂得退让之说很显然站不住脚。当然，他没有像范蠡那样功成身退，泛舟江湖，也没有学张良，称病辟谷，以示无争，也就没能避免杀身之祸。

太史公又说：“而天下已集，乃谋畔逆，夷灭宗族。”我觉得也有些不确。楚汉相争时，韩信为汉则汉胜，与楚则楚胜，如果韩信背汉自立，则可三分天下，这不仅蒯通知道，韩信自己当然也明白，当时没有背汉，天下大定后，韩信也应该没有叛逆之心。韩信自言：“乘人之车者载人之患，衣人之衣者怀人之忧，食人之食者死人之事，吾岂可以乡利倍义乎！”

所以，韩信是否有谋反之意，应该是个疑案。但韩信被杀却是必然，这个必然又是很多偶然组成的，包括影响他命运的那几个女人。其实，人生中有很多偶然，正是那些偶然，使人生显得多彩；历史也有很多偶然，正是那些偶然，使历史显得丰富。

# 读史随笔：辟谷

《留侯世家》中，奇事有二：一为“黄石授书”，一为“张良辟谷”。

所谓黄石授书，就是张良隐藏于下邳时，一天外出散步，遇到一个穿粗布短衣的老者，走到张良面前，故意让鞋子掉到桥下，对张良说：“孺子，下取履！”张良见他年老，勉强忍住气，把鞋子拾回来。老者又说：“履我！”张良强忍愤怒跪下给他穿鞋。老者就说：“孺子可教矣。后五日平明，与我会此。”五天后天刚亮，张良就去了。老者已经先在那里，生气地说：“与老人期，后，何也？”便离开了，并说：“后五日早会。”又过了五天，鸡刚刚叫，张良就去了，老者又先在那里，生气地说：“后，何也？”离开时嘱他：“后五日复早来。”过了五天，张良不到半夜就去了。过了一会儿老者也来了，高兴地说：“应当这样。”随即拿出一部书，说道：“读此则为王者师矣。后十年兴。十三年孺子见我济北，谷城山下黄石即我矣。”张良天亮后看那部书，是《太公兵法》。据说张良就是凭借这部《太公兵法》，辅佐刘邦，打下了大汉天下。

黄石纯属无稽，或者是张良自抬身价而编造的一个故事，或者是修史者妙笔而生的一段花絮，只为吊天下学子胃口而已。“黄石授书”当作“老父赠书”自可解释。

张良辟谷就不好解释了。辟谷又称却谷、断谷、绝谷、休粮、绝粒等，即不吃五谷，和吞丹服散一样，同为道家养生成仙之道。也就是《庄子·逍遥游》所描写的“不食五谷，吸风饮露”的修仙行径，祈求达到不死的目的。

想张良“运筹策帷帐中，决胜千里外”，乃汉家第一功臣，卒封留侯，功成名就，享不尽的荣华富贵。此时却不食谷物，很难解释，似乎是在追求长生不老，成仙得道。但细究张良一生，并无半点羡仙慕道的迹象。

张良是韩国人，先人五世相韩。秦灭韩，张良家财万贯，家僮三百，弟死不葬，尽散家财求刺客刺杀秦王。其侠肝义胆，可见一斑。为报韩仇，东见沧海君，得到一个能挥一百二十斤铁锤的大力士，与大力士在博浪沙中狙击出游的秦王，虽误中副车而功败，但“状貌如妇人好女”的张良，能做出如此举动，其勇不在聂政、荆轲之下。

秦王大索天下，要捉拿张良，张良只好亡匿下邳。在下邳得到黄石老人授予的《太公兵法》，常习诵读，期望有朝一日为王者师，建不朽功业。

等陈涉起兵大泽乡，张良看时机已到，聚少年百余人往从之。道遇沛公，遂成了刘邦的下属。张良随刘邦攻城略地，立下许多战功，其谋略也毫不逊色于后世的诸葛孔明，多出奇计，收鼓越、英布（黥布），安韩信、雍齿，最终助刘邦打败项羽，一统天下。

从这些现象分析，张良一直是积极入世的，绝无半点出世的念头。天下大定，刘邦分封功臣，首封张良，让他“自择齐三万户”。在诸将争功不绝时，张良却自请封留地，不愿要三万户。这应该是张良辟谷的开始。虽无辟谷之名，却有辟谷之实。

史书最早记载张良辟谷是在天下一统，刘邦定都关中后。张良虽跟从入关，但称病杜门不出岁余，在家“道引不食谷”。张良自言：“家世相韩，及韩灭，不爱万金之资，为韩报仇强秦，天下震动。今以三寸舌为帝者师，封万户，位列侯，此布衣之极，于良足矣。愿弃人间事，欲从赤松子游耳。”表面上看来，天下已定，张良闲适了，怡情悟道，养生望仙，也顺理成章。其实不然。张良早年所处的战国时代，策士盛行，凭三寸之舌，一步登天，为王者师，封将拜相，而下场多数悲惨：商鞅车裂，苏秦遭刺……张良当不忘前车之鉴。张良此时辟谷是在给刘邦一个信号——无意争锋，自愿退隐，绝不是出于养生成仙的想法。果然此后不久，韩信、彭越、黥市一个个被刀斩，张良辟谷躲过一劫。

史书第二次记载张良辟谷是在高祖驾崩前。皇帝在传位给子孙前，为了江山永固，传至千秋万代，又要清除一批权贵之臣。这一次，刘邦差点把立下汗马功劳的连襟樊哙都给杀了。张良不辟谷性命怎能保全？

刘邦崩后，吕后又进一步试探张良："人生一世间，如白驹过隙，何至自苦如此乎！"并强食之，张良"不得已，强听而食"。

妙在"不得已"三字。食，是人生第一性，有一分奈何，谁愿挨饿？表面说的是不得已而食，其实是不得已而不食。食也不得已，不食也不得已。"不得已"三个字，道尽张良辟谷的真缘由。

张良靠辟谷躲过了身死族灭之祸，比起韩信、彭越、英布之属，高明了许多，也让人看到张良的超脱和奸猾处。但从另一个角度想去，英雄如张良者竟用辟谷不食而自保，其悲哀和无奈当痛彻骨髓。

哀哉张良！

# 读史随笔：食客

养食客、招士子的风气，中国古代就有，春秋战国时期尤甚，有权有势者，大都供养着许多门客，其中最有名的是战国四公子。四公子者，魏公子无忌，齐公子田文，赵公子赵胜，楚公子黄歇，号信陵君、孟尝君、平原君、春申君。四公子不是攻城略地的武将，也不是妙计安天下的谋臣，赢得盛名，只因为养食客、招士子，也就是招贤纳才。鼎盛时期，有家中养食客、士子数千人。

战国时的士，大概相当于当今的知识分子。而四公子所招致的不全是士，有屠狗卖肉者、引车卖浆者，有贩夫走卒、鸡鸣狗盗之辈，有杀人夺命、隐名避仇之徒，良莠不齐，贤与不肖者皆有，统称为“食客”，则更恰当些。也正因为如此，四公子把客分为上客、中客和下客。有坐车的客，有食鱼的客，有食肉的客。孟尝君的食客冯谖为了试探孟尝君的胸怀和眼光，曾三弹其剑而歌“长铗归来乎，食无鱼”“长铗归来乎，出无舆”“长铗归来乎，无以为家”，三番五次地向孟尝君提出近乎苛刻的要求，最终引起孟尝君的注意和重用。冯谖深受感动，一心一意地效忠孟尝君，焚券市义、驱车游说，为孟尝君凿得三窟，抬升了孟尝君的身价，巩固了孟尝君的地位。

四公子致士，表现在外的是“仁”和“礼”，隐在后面的却是“钱”与“权”。仁而下士，贤与不肖皆礼遇。平原君一美人笑了邻居一个瘸子，瘸子找到平原君要笑者人头。平原君一笑置之，致使门下食客走了大半。等他“斩笑躄者美人头，自造门进躄者，因谢焉”，门下食客才又稍稍来了些。信陵君为夷门监生侯嬴执辔，迎于众人广坐之中，才得到能下士之名。有毛公藏于赌徒中，薛公藏于卖浆家，信陵君几次想见他们，两人都躲了起来，不肯相见。信陵君打听到他们的存身之处，就悄悄地走到那儿与两人交游，相互间处得十分融洽，又赢得下士之名，致使平原君的食客有一半归了信陵君。这些都是“仁”和“礼”的体现。

仁和礼，尤其是礼，正是知识分子所看重的。知识分子一般爱冒傻气，有当权者一礼遇，便飘飘然自以为知己。“士为知己者死”，血一热，赴汤蹈火，也以为死得其所。信陵君窃符救赵时三千食客组成“敢死队”，去对付秦军几十万虎狼之师，得到礼遇的看守东门的侯嬴老头更是自杀以壮信陵君行色。

而士子投奔，一为得到提拔重用，二为衣食无忧。四公子门下的食客，的确有一部分出将入相，有了出头的机会，而绝大多数都在一次次的国难家难中赴死了，如荆轲、聂政之类。

细究四公子的所谓仁和礼，其实都是虚假的。孟尝君去访问赵国，赵国人听说孟尝君的贤名，都争着去看，看到的孟尝君与他们想象的不一样，都笑着说：“始以薛公为魁然也，今视之，乃渺小丈夫耳。”孟尝君听到了，大怒，和食客们下了车，砍杀了数百人，灭了一县后扬长而去。从这件事来看，孟尝君哪有半点仁慈之心，简直是个暴君屠夫。

魏齐后避秦仇，躲在平原君家，秦昭王威胁赵孝成王，囚禁平原君，魏齐只能逃出了家门，去投奔信陵君。叩门求见，信陵君怕惹上秦祸，不肯及时相见。魏齐怒而自杀。信陵君平日的“礼”到哪里去了？

可见仁也好，礼也罢，只是他们作出的一种姿态，使的一种手段，目的只不过是博得个好名声，增强自己的实力。

尽管如此，四公子的美名还是一代代流传下来了。传诵的人就是历朝历代的知识分子。他们一边羡慕四公子时代的士子们生对了时辰，一边慨叹自己的生不逢时，盼望着自己周围也冒出个孟尝君、信陵君，把自己也给招了去，从此一步登天，施展自己的抱负，享受荣华富贵。可四公子似乎绝了种，再也没有等到。

秦国统一六国后，宰相吕不韦以秦之强，羞不如四国，亦招致士厚遇之，食客至三千，还编纂了一部《吕氏春秋》。这大概是当权者最后一次大规模招致士人。隋唐以后，很多官僚士大夫家中也常养些术士、僧道，为他们占卜算卦，已经与战国时的致士很不一样了。在以后的历史中，权贵们附庸风雅，也养过几个清客相公，只是用来消遣解闷而已，重士之风逐渐微弱。

士子们、知识分子们还在等待着，可等到的只是历朝历代对知识分子的压制和歧视，还有一次次改造和杀戮。而劫余的，又透过同伴的血泪，眼睛湿乎乎地还在巴望着四公子出现……

中国古代的知识分子总是不自立，总缺些独立的人格，老想着得到当权者的尊重、重用，人格自尊显得特别强烈、敏感和扭曲。这有文化传承的原因，有社会环境的原因，也有知识分子自身的原因。身为“屠客”的朱亥，可以对信陵君的数次邀请不予理睬；作为平民，荆轲可以因为燕太子丹催促他启程赴秦而大发雷霆，甚至当面怒斥：“何太子之遣？”这是战国食客的人格和骨气。可惜以后，这种人格和骨气缺失了，只留下了食客的传说和四公子的美名。

# 读史随笔：刺客

太史公作《史记》，为刺客单独列传，记叙曹沫、专诸、豫让、聂政、荆轲五人的事迹，认为五人刺杀“或成或不成，然其立意较然，不欺其志”，记下来使五人“名垂后世”，要彰显的是一个“义”字。

太史公这一记，五人的义举果然流传下来。荆轲赴秦至易水，和着高渐离的击筑声，慷慨高歌“风萧萧兮易水寒，壮士一去兮不复还”，这声音响了几千年。慕义之风也大盛，义士得到普遍的敬重。

然而，如果把“义”字去掉，再看五人，曹沫是“绑架犯”，专诸、豫让、聂政、荆轲都是“杀手”。

曹沫为鲁将，与齐战三败北，丢失了大片领土。鲁庄公求和，与齐桓公会于柯而盟。在盟坛上，曹沫执匕首劫齐桓公，逼齐桓公答应归还占去鲁国的领土。持凶器劫持人质，逼人许以财物，不是“绑架犯”是什么？专诸得公子光奉养，假装为吴王僚献鱼炙，而于鱼腹中藏匕首刺杀僚，使公子光夺取了王位。聂政得到严仲子的善待，把严仲子的仇人侠累刺杀于光天化日之下。荆轲受燕太子丹重托，以献地图和樊於期的人头为名，刺秦王于当朝。

几个人的行为，与“杀手”毫无二致。但加进一个“义”字，罪犯顿时就变成了“义士”。“义”字的威力可真大呀！

中国人自古尚义，圣人制定做人的五常：仁、义、礼、智、信，占第二位的就是义，可见“义”在国人心目中的地位。但“义”有真假之分，大小之别。真正侠肝义胆、义薄云天者有之，满口仁义道德，满肚子男盗女娼者也比比皆是，不可一概而论。投之以桃，报之以李，是义；投之以桃李，报之以珠玉，更是义；以德报怨，是义；恩施及人，不求回报，更是义；为个人者是小义，为国家、民族者是大义。小义者情切，令人感动；大义者悲壮，增人豪情。义，又可分君臣之义、夫妇之义、朋友之义等。君臣之义曰主忧臣劳，主辱臣死，范蠡、文种是也。（《史记·越王勾践世家》：“臣闻主忧臣劳，主辱臣死，昔者君王辱于会稽，所以不死，为此事也。今既以雪耻，臣请从会稽之诛。”）夫妇之义曰糟糠之妻不下堂，宋弘是也。（东汉初年，刘秀起用西汉时期的侍中宋弘，并升他为太中大夫。刘秀的姐姐守寡并看上了宋弘，刘秀想把姐姐嫁给宋弘，问宋弘对“贵易交，富易妻”的看法，宋弘回答道：“贫贱之交不可忘，糟糠之妻不下堂。”刘秀只好放弃）。朋友之义曰不求同日生，但求同日死，桃园三结义是也。义，又有一言之义，一饭之义，千金之义，赴死之义；或重于泰山，或轻于鸿毛，义之所及，总有一段让人感叹的故事。

义与仁合，是为仁义。无仁之义，失之血腥。刘备为报关张被杀之仇，起兵数十万，着缟素，哀兵伐吴，义则义矣，但失之仁，结果兵败而崩于白帝城。义与礼合，是为礼义。关羽千里走单骑，护送二位嫂嫂是也。无礼之义，失之乱。无信之义，失之约。无智之义，失之愚。义与仁、礼、智、信合则为真义。

细察五刺客之义，仅仅是“义”罢了。首先无仁可言。五人者，均持利器，谋人性命，是纯粹的暴力。五刺客之义，又无智可言，愚不可及。五人之义的基础是“知”，即豫让所说的“士为知己者死，女为悦己者容。今智伯知我，我必为报仇而死，以报智伯，则吾魂魄不愧矣”。鲁庄公知曹沫是知其有勇力，公子光知专诸是知其能谋杀，智伯知豫让是知其有国士之才，严仲子知聂政是知其武力能杀人，燕太子丹知荆轲是知其勇敢。这些知，都不是知心之知，仅仅是一种利用而已。而五人自以为知己，以一腔热血相报，义则义矣，但只能说是愚义。

愚以为，刺客之义，实不足取。太史公何等英才，想也知此。然而又为刺客列传者，想是如豫让所说的“所以为此者，将以愧天下后世之为人臣怀二心以事其君者也”。记五刺客事是想警天下不仁不义者，愧天下假仁假义者。但不仁不义之徒比比皆是，假仁假义之人到处都有，借仁义之名而行屠杀之实者，也大有人在。贪官污吏，用人民的血汗酿自己杯中的绿酒——不仁不义。歌舞明星，参加义演，出场费少了些便拒演——假仁假义。美国出兵伊拉克、阿富汗，名为维护国际道义，反恐防恐，实则侵占别国，屠杀平民，轰炸学校——借义之名行恐怖侵略之实。

最可憎者，不仁不义，迫于社会规范和道德的巨大压力，谁也不愿标榜自己是不仁不义之徒。最可厌者，假仁假义，骨子里是不仁不义之徒，还要作出仁行义举，终究会露了马脚。这种人占了大多数。最可恨者，借仁义之名，行屠杀之实。历朝历代的侵略者，莫不如此。

义，作为一种美德，有多少人在力图弘扬，但到头来，却往往成了虚假和罪恶得以在光天化日之下招摇过市的一张漂亮的画皮。套用一句话说："夫义，多少虚假和罪恶假汝之名以行！"

# 三十年间三百遍

## ——我读《聊斋志异》

写作时间短，读书时间长。居地偏僻，手边书不多，只好反复读。读过三遍的书，不胜枚举；读过三十遍的书，有《红楼梦》等；读过三百遍的书，唯有《聊斋志异》。

十几岁初读《聊斋志异》，一见倾心，至今快三十年了，依然在读。三十年间，一本《聊斋志异》一直在床边案头，几乎天天都读，每年算十遍，大约是有三百遍了。

说三百遍，没有自夸的意思。一本书读三百遍，不是傻子，便是书痴。我还没痴到像《书痴》中的郎生一样，笃信书中有黄金屋、颜如玉，以致不通人情，不知人事。但对《聊斋志异》的痴迷，连自己都觉得匪夷所思，而且这种痴迷与日俱增，欲罢不能。

一本书读三百遍，没有一点儿成果，也不值得自诩。现今的情况是，不读书，就可写序；读半拉，就敢写评；再翻翻，就能出研究专著。在我，《聊斋志异》算是白读了，读了三百遍，没写过一篇“聊学”论文（好像还没有“聊学”，应该有的），更没有探秘索隐之类的文字出来，对我的写作，似乎借鉴也不多，帮助也不大。

空读《聊斋志异》三百遍，责任不在《聊斋志异》，而在我。我至今没有完全把《聊斋志异》读懂、读通。古语说“书读百遍，其义自见”，我读三百遍，还不见其义，可见我的愚笨。不仅是愚笨，早些年还能叙述出《聊斋志异》中绝大多数故事，读到后来，故事互相融合，人物颠倒串乱，完全搅成一锅。有时候和人谈起《聊斋志异》故事，我常说得牛唇对不上马嘴。有朋友笑我，你真是读出境界了。我听出这话中的讽刺意味了，但也受到点儿启发，想到王国维人生学问“三境界”之说，感觉自己读《聊斋志异》，真的也经历了三种境界。

第一境，满纸鬼狐精怪，奇人异事。初读《聊斋志异》，主要是看故事，那些亦真亦幻的故事，越看越得趣。鬼魅狐仙自不用说，随人现化，福祸无常；不是翩翩公子，就是绝世佳人；要么与人福泽，要么摄人性命。鸽子、乌鸦、蜜蜂、老鼠、香獐、青蛙、白鳍……天上飞的、地上跑的、水里游的，所有的动物都能幻化人形；牡丹、耐冬、菊花、荷花、桑树、橘树……能开花的、不结果的，所有的植物也都能成妖成仙。除了鬼神仙妖以外，更有那断发之乡、飞头之国，罗刹海市、夜叉岛国，天上胜景、阴曹地府……想象之瑰丽，故事之奇幻，远超《西游记》(没有贬损《西游记》的意思)。

最吸引人的，是那些缠绵悱恻、感人肺腑、动人心弦的爱情故事，还有故事中那些美到极致的女子。笑不自禁的狐女婴宁、冷若冰霜的飞刀侠女、追求自由的小倩、委身报恩的小翠、雅奏宫商的林四娘、吟诗疗疾的白秋练、餐叶衣云的花城翩翩、度曲销魂的绿衣蜂女，还有为父报仇的女豫让商三官、处变不惊手刃仇敌的奇女子庚娘。乔女觍颜为报知交，鲁女三死为随知己，得道狐女为爱而乐死投生，通判女鬼为爱而借尸还魂，还有因情死而复死、生而复生，更是感人至深。

蒲氏自谦“才非干宝，雅爱搜神；情类黄州，喜人谈鬼”。实际上，《聊斋志异》远比六朝志怪、唐朝传奇都好看得多。就因为好看，才不舍不弃，一本《聊斋志异》，翻烂了书皮，散了书页，用胶水胶布反复地粘住了，继续再看。小说要好看，是最起码的前提。这是现在才悟到的，那时候懵懂，当然不知。懵懂少年，稍知人事，人鬼情缘、人狐姻缘，自然叫人非常向往，甚至心怀遐想，倘苟得佳丽，绝不疑异类。但绝美女子、绝世爱情，现世毕竟难遇，只好向书中寻找，因此就看了又看。还是那本《聊斋志异》，破了书脊，断了装线，用锥子钻眼，铁丝装订了，再继续看。不过，那时候也就是看故事，看鬼是鬼，看神是神，看男是男，看女是女，看情是情，看爱是爱，看山是山，看水是水。

第二境，通篇世事变幻，人情冷暖。再看《聊斋志异》，却发现山不是山，水不是水，狐不是狐，仙不是仙，天宫地府原来都是人间，鬼狐精怪本来就是世人。腐败如地狱、枉法如阎罗者，草菅人命，看似幽冥异路，实则人间官场；雅鬼如小倩、恶鬼如画皮者，福人祸人，看似鬼神无常，实则是人性善恶。

鬼狐本来就是人化，精怪也全由心生。对此，蒲氏在《聊斋志异》中也留下草蛇灰线，引导读者。《三生》一篇，就说刘孝廉能记前生，一世为缙绅，行多玷，死后罚做马，心里明了，但不能言。不食而死，又罚为犬，见便液知秽，嗅之而香，自惭形秽，故意咬伤主人，被杖杀。再生为蛇，矢志不杀生灵，看到车过，爬到当路，被压两段。因无罪而死，才复生为人。《聊斋志异》中还有《汪可受》等很多篇章，都有类似的意思。可见在蒲氏看来，万物有灵，万物互化，人的前生也许是兽，兽的前生也许是人。人兽之间，并无多深的鸿沟。

人群中常有毛角之兽、鳞介之虫，鬼狐中也多有重义之男、重情之女。《葛巾》一篇，可比《西厢记》。牡丹仙子葛巾，感念书生常大用的缱绻之情、癖好之意、怀诗之诚，夜邀西厢，托付终身，和妹妹玉版一道，远赴洛阳，下嫁常家，生儿育女，化而为花，繁衍滋生，遂使洛阳牡丹甲天下。《香玉》一篇，恰似《牡丹亭》。崂山花神香玉得知胶州黄生爱慕之情、相思之苦、题诗之雅，自赴幽会，魂魄以寄，和茶花绛雪一同，一妻一友，陪伴黄生，游乐谈宴。黄生感动，死而为树，生在花旁，长相斯守。崂山弟子不知，挥斧砍去，则牡丹、耐冬都憔悴而死，以身相殉。死而再生，历久不衰，至今崂山耐冬仍为奇观。（据说，崂山太清宫一株耐冬，生长600年，2004年才枯死。）

蒲氏写鬼神，原来并不是凭空臆造，而是有迹可循，甚至有史可鉴的。蒲氏就是把记志怪当作述历史。蒲氏自称“异史氏”，自比太史公，仿《史记》笔法，很多篇章结尾，都加一段“异史氏曰”，把鬼狐精怪当作历史人物，进行臧否，加以评判；还与历史人物进行对比，互相生发，互彰互显。蒲氏拿狐妓鸦头与魏徵比，觉得更妖娆妩媚；把民女商三官比作荆轲、豫让，感觉更慷慨壮烈。

鬼狐当然不是历史人物，但《聊斋志异》完全可以当作历史来读。一部《聊斋志异》，除去鬼狐精怪，还写了广阔的社会现实，王公贵人、公主小姐、官员小吏、秀才举子、商贾贩夫、老农屠户、奴仆丫鬟、侠客烈士、贤妇贞女、妓女老鸨、和尚道士、尼姑香客，还有骗子强盗、兵痞讼棍、掮客念秧……三教九流，无所不包。仅仅民间艺人，就写到了耍杂技天上偷桃的，弄蟒蛇人蛇结缘的，耍鹦鹉人鸟设局的，弄口技真假难辨的，还有木雕美人作剧的、青蛙老鼠唱戏的各色人等，尤其是底层百姓，无不神情毕肖，栩栩如生。从这个意义上说，把《聊斋志异》当明末清初间的历史看，全然不错；说它是汉唐魏晋年间，甚至更远的历史，也没有错；而且与当下的现实人生，何其相似。历史原来像宇宙，所有的天体永远都围绕更大的天体在旋转，从洪荒直到现在，春夏秋冬，枯荣更替，看上去年年岁岁花相似，岁岁年年人不同，实际上大同小异，甚至相同。历史原来如小说，贾雨村言，除了人名地名真实，其余全是假的。小说才是真历史，甄士隐者，除了人名地名虚构，其余都是真的。

第三境，都是浮白载笔，小说家言。后十年，自己也写小说，边作文边看《聊斋志异》，才发现把《聊斋志异》当志怪来读，当历史来看，都很片面。蒲氏写的就是小说，与古今中外的小说没有两样，是来源于生活，来源于历史，又高于生活，高于历史。历史就是历史，小说就是小说，山仍是山，水仍是水，此山非彼山，此水非彼水。

蒲氏不仅是喜人谈鬼、雅爱搜神、邮筒相寄、集腋成裘的搜集整理者，更是子夜荧荧、灯昏欲蕊、萧斋瑟瑟、案冷凝冰的创作者。《聊斋志异》就是小说，也只是小说，是孤愤之书、寄托之作。

中国古代的文学家，有寄情山水的，有寄情诗书的。蒲氏与他们一脉相承，但又另辟蹊径，寄情鬼狐神怪。他笔下的鬼狐神怪不仅具有人形人貌，还有人情人性。但如果把他创造出的这些鬼狐神怪仅仅当作人来看，就是小看了蒲氏，看扁了《聊斋志异》。那些光怪陆离的形象，亦真亦幻的故事，来源于民间流传的故事，更来源于他高超的想象力。如果单从想象力的角度比较，《聊斋志异》比乔叟的《坎特伯雷故事集》、塞万提斯的《惩恶扬善故事集》，以及《十日谈》，甚至《变形记》还要高妙得多。再从语言、结构等艺术手法上来说，也完全可以与契诃夫、莫泊桑等短篇小说大师的作品相媲美，现当代中外作家，几乎无人能出其右。

我这样推崇《聊斋志异》，自然有偏爱的成分在。这种偏爱，会让我继续读下去。不为研究，写“聊学”专著，也不为借鉴，仿作些志怪故事，只是空读。

不求甚解三十年，空读聊斋三百遍，感觉我和蒲氏的关系，也走过了三层境界。

前十年读《聊斋志异》，我看蒲氏，蒲氏在云端，形貌模糊，飘飘若仙。最早读《聊斋志异》，只图了热闹，很少回想蒲氏在哪里，是怎样一个人，有时想到了，也感觉他很遥远，形容模糊，长相朦胧。读过多年再想，能把故事讲得上天入地、海阔天空的人，大约也是高在云端，飘飘若仙的。

后十年再读《聊斋志异》，我像蒲氏，蒲氏在眼前，镜里镜外，互相顾盼。我看书有个毛病，不求甚解还是小事，大多不管作者是谁，更不索隐求证。看《聊斋志异》也是一样，不管蒲氏为何人。偶然看了点儿有关蒲氏的生平书籍，还看了一部关于他的电视剧，才得知他也曾是孩子王，也是屡试不第，门庭凄清，笔墨萧条，就感觉我与他很像。细究他书中所表现出的个性品质、人生观点、道德观念，也与我有很多相似之处，甚至一些幽微的心理，都有相通之处。想象中，他的个头长相、个性气质、说话做事，也与我差不多。有时候读《聊斋志异》，感觉像照镜子，他在镜里，我在镜外，同喜同悲，同哭同笑。

现在读《聊斋志异》，我是蒲氏，蒲氏在我心。蒲氏是我，那我在哪里？自比蒲氏，已经惹人笑话了，说自己是蒲氏，简直有些自不量力、恬不知耻了。说我是蒲氏，是我通过《聊斋志异》揣摩他，我用自己的人格想象他、塑造他。我心中的蒲氏也许与真正的蒲氏不一样，更多的是我。说蒲氏是我，是他通过《聊斋志异》，说出了我想说未说和说不清、道不明的一些东西，他还通过《聊斋志异》影响到我。我还有一种感觉，颇为“聊斋”的一种感觉，大约是读得太多，心生幻境了。这种幻境蒲氏自己也曾生过，他自认是瞿昙转世，了悟前因。我也有时自思为蒲氏转世，不然何以如此喜欢他。这种感觉大约是佛教中所讲的“爱见悲”“同体悲”吧。我不信佛教，不信转世之说，但佛教中的一些禅宗故事，我还是会读。读过那个广为流传的“和尚在此，我在哪里”的故事。倘若真的蒲氏是我，那我在哪里？

读书读到找不到自我，不仅是痴到极点，也是愚到极点了。

但不管痴愚，也不管我在哪里，《聊斋志异》依然会读，不为研究，不为写作，不记人物情节，不管语言叙述，只找一种感觉，品一种味道。读书到无用之处，也许才能品出个中真味。

# 我在读卡佛的时候，人们又在读些什么

卡佛是谁？昨天之前，谁要问我这个问题，我还真不知道。这在一个作家，的确是个很尴尬的事。要说完全不知道，也不确切。前一个阶段，到鲁院上学，来讲课的老师多次谈到卡佛，说是真正的大师。有一节课还专门安排要讲卡佛，可不知啥原因，最终没有讲。同班学友们也经常说到卡佛，他们似乎都知道卡佛，赞叹得了不得。他们还知道博尔赫斯、塞林格等很多外国现代作家的名字，好像也读过他们的作品，说得头头是道。我却不知道。不仅不知道，还把卡佛、卡夫卡、福柯的名字记混淆了。我为我的孤陋感到惭愧。不知道就不知道，我这样说的时候，很多学友还不相信，叫我也没法解释。还有个评论者说，在我的小说中看到了卡佛的影子，叫我哭笑不得。

有一次，在开自治区人民代表大会，会议间隙间，一名县委书记和我聊天的时候，又说起卡佛，我又一次羞愧地说，我知道这个名字，但没读过他的书，有机会一定买来读读。我心里想，一定要买来读读，哪怕只是为避免尴尬。连县委书记都在谈论的文学人物，我这个作家却不知道，真的叫人羞愧。我想着这回一定要买来读一读。这样想着，还是没到书店去。下午的时候，县委书记打电话叫我去取书，他专门抽空到书店买了卡佛的小说自选集，说让我先看。感激之余，我又一次感到尴尬和羞愧。

拿到书后，我读了一下午，又读了大半夜，几乎把一本书全读完了。一个因素是我急切地想多知道些他，更重要的是，那些小事情的确是写得太好了。我在那本书里找到了和自己相似的人，还找到了与自己相似的一些表现手法。当然他用的要高妙得多。

我又上网查了一下有关卡佛的评论，看他们在卡佛的书里都读到了些啥，看他们在谈卡佛的时候都在谈些啥。我看到许多人都在谈卡佛，观点也非常不一致，但都认定他是大师，真正的大师。也有不同的声音，对卡佛不大认可。但很多人都在谈，已经谈了二三十年了。我真有些责备自己，落伍得有些离谱了。

他们都在读卡佛的时候，我在干啥？我在一个非常偏僻的地方写作，写我自己的一点小感受，也并不太热衷、不太勤奋，读的书也很少，都是些手头有的老旧的书。他们都在读卡佛的时候，我还在读《红楼梦》《史记》，读《聊斋志异》。《史记》读了有二十几遍，《红楼梦》读了大概三五十遍，《聊斋志异》

读得更多，也许有三百遍，几乎每天都读，已经读成一锅粥了，很多故事都串在一起了。我一直对中国传统文化比较认可，对西方现代派的东西有些拒绝。这在我，似乎是一种坚守，但实则是一种封闭。我也想打破这种封闭，在鲁院的时候，经人推荐，看了《朗读者》等几本外国当代的作品，感觉就很好。回来后，学友周瑄璞又寄来《我的名字叫红》《追风筝的人》和《灿烂千阳》几本书，真的都很好！可我又发现，他们的书里所具有的神性的东西、人性的东西，还有自我悔罪、救赎之类的东西，都是我们不具备的，或者说是很少的，是无法模仿的。也有许多人在模仿，但都是皮毛，内在的精神却是没有的。越是没有的东西，我们越感觉到稀罕，这大概是这些作家在中国比在西方还要走红的原因。卡佛所写的人物，是20世纪六七十年代的美国人，他们的生存状态，与我们现在有很多相似之处，那种无奈的挣扎，是我们现在的人正在经历的。这大概是卡佛被热捧的一个原因。卡佛的小说还有一种"哀而不怨"的审美思想，与中国传统的审美理想比较接近，又是一个原因。但卡佛对人内心的观照是积极的，在阴暗的故事背后，有人性照耀着，使我们在感受彻骨之寒的同时，却又感到温暖。这一点，是我们的作家也不具备的。谈到卡佛最多的是他的"极简主义"，并类比海明威。我倒觉得，小说的风格可以多种多样，简约有简约的美，弥漫有弥漫的美，作家不一定都要像卡佛那样去写。同样，中国文学有中国文学的美，西方文学有西方文学的美，可以互相借鉴，但不能厚此薄彼。卡佛的简约，在中国古典文学中完全可以找到，《聊斋志异》就是极其简约的。

说着说着，我又回到传统、回到保守的路子上来了。不过，我觉得，卡佛也是传统的、保守的，并没有多少现代派的东西。还有胡塞尼，也一样。尽管，那是他们自己的传统。他们的作品同样获得了巨大的成功，说明传统了、保守了，不一定就是坏事。我的个性就内敛，无法跟上潮流，还是选择传统些的好。

我就想，我在读卡佛的时候，人们又在读些什么？一定还有许多新的西方作家被介绍过来，西方那么大，作家那么多，永远都有新鲜的作品、新鲜的人。我在鲁院的时候，参加了一个对话，题目是“中国当代文学”，但两个小时时间，主讲者和提问者没有一个提到一位中国作家、中国作品，谈的全是外国作家、作品。我听不惯，也是听不懂，就有些恼羞，提了个问题——中国文学和西方文学到底是什么关系？主讲者不假思索地说，就是模仿和被模仿的关系。回答很赤裸，我也有被当众扒了衣服的感觉。心想，如果真是这样的话，我们这些所谓的作家们还有啥玩的，还有啥存在的必要？再说大些，中国文学还有啥尊严？

想是这样想，卡佛还是要读的，博尔赫斯、塞林格有机会也要读一读，就像托尔斯泰、巴尔扎克、契诃夫是要读的一样，那是人类共有的精神食粮，我们不能拒绝。但我们需要在他们身上找到人类共通的精神理想、作家共同的审美理想，而不是简单地谈论和模仿。

# 最近读的两本书

最近太热，屋里坐不住，也是儿女们暑假在家，闹嚷嚷的，不得清净，几乎没有写作，抽空看了点书。

看得最多的两本是《猎人笔记》和《米格尔街》。

《猎人笔记》是老名著了，我在二十多年前就读过。当时上师范，正是文学最火热的时候，很多学生都怀着作家梦，我也不例外。学校图书馆藏书不少，许多名著都借来读了。托尔斯泰、巴尔扎克、雨果、莫泊桑、契诃夫等，都是那时读的。当然还有屠格涅夫，最喜欢他的就是《猎人笔记》。我那时文学素养很低，并不能完全理解小说的意思，更不能体味写作的高妙，只觉得景物描写得好。景物描写得好，我就觉得是好文章。也是实用主义思想在作怪，想着模仿它，最起码能在自己的作文中模仿借用——我那时候的作文常常不及格。所以我就把大段的景物描写都画出来，反复地读，反复地读，直到大部分都能背下来——那时候记忆力好。背是背会了，却没敢用在作文中，也没能写出什么文学作品来。

后来工作了，写书的梦当然也断了，但爱书的习惯却没有断，看到好书还是想买。有一次逛书店的时候，买了一本《猎人笔记》，黄皮的，上面有庄重的底纹，很雅致、很经典的样子，记不得是谁翻译的，哪个出版社出的。买回来了，却没有好好地读，只草草地翻了翻，就放在书柜里了。这正应了那句话“书非借不能读”。很久以后，又想起来，想找出来读一读，却怎么都找不到了。不知是借给别人了，还是搬家的时候丢掉了。找不到，也就没有再读。

前些天去书店，又发现了《猎人笔记》，新版的，异型开本、黑皮，看着感觉不好，不是我心目中的《猎人笔记》，但看译者，却是丰子恺，就放心地买了。买回来就看，感觉与当年大不一样，越看越觉得好，看了好几遍。

《米格尔街》算是新名著。我以前从没看过。2011年5月，“鲁十三”聚会的时候，宁肯兄给我推荐，说奈保尔的《米格尔街》是非常优秀的短篇小说，建议我看看。说实话，我很闭塞，对奈保尔、对《米格尔街》，我一点儿都不了解。但宁肯兄推荐的应该不会有错。我就在书店里找，却没有找到，问服务员，也说没听过。没办法，就到网上查，书找到了，奈保尔的相关信息也找到了，是英籍印度裔作家，诺贝尔文学奖获得者。《米格尔街》是他最著名的短篇小说集，国内也翻译了，网上有卖的。

我不会网购，就托人在网上购买了一本。拿到手就读，也是越看越感觉好，看了好几遍。

两本书我看了一个多月，几乎每天都看，说不上看了多少遍。看得欣喜，也看得气馁。

欣喜的是，世间好书还是很多的，好书叫人百看不厌。而且不管是老经典，还是新名著，各有各的魅力，但都同样好看。《猎人笔记》与《米格尔街》，一个是19世纪的作品，一个是20世纪的作品，时间上相差百年以上。一个是俄国人写的，一个是印度人写的，描写的环境、人物、手法各不相同。《猎人笔记》以描摹见长，俄罗斯的大自然、俄罗斯的社会、俄罗斯的人物、俄罗斯的风俗，土地、草原、森林、湖泊以及马儿、猎狗、飞鸟、草虫，无一不描摹得惟妙惟肖。屠格涅夫用文字的形式，综合了绘画、音乐、建筑等一系列艺术手段，把一个个生动的故事，活生生地呈现在我们眼前。《米格尔街》却是以解剖取胜，一条不起眼的小街，一些不起眼的人物，十几个简单的小故事。每个故事都像银子一样闪光，灿烂而忧郁的光；每个句子都像刀锋一样锐利，精准而深刻；每个人物都像是你我，无奈而忧伤。奈保尔用简单朴素的语言，解剖了一条街、一群人、一种文化，直抵人的内心，也把我们自己的内心血淋淋地袒露出来。两本书是那么不同，却又是那样相同。最大的相同点是，屠格涅夫和奈保尔都心中有大爱、尊重万物、相信人类，有真、有善、有美，还有一个相同点是作品中都有人、有事、有场景、有生活、有烟火。正因为如此，两本书有很大的不同，但却同样都好看。

我气馁的，当然就是自己也写了那么多的所谓小说，却各有各的糟糕。看了这两本书，越发地不自信，越发地不敢动笔写作了。

# “少读书”与“少吃肉”

前一阵子，听了很多关于“少读书”的话题。评论家给作家说，要少读书，尽量去除影响，写自己的独特经验；作家自己也说，要少读书，要像蜗牛、蚯蚓一样，用皮肤感受，自己写感觉中的东西。

作家是写书的，劝别人少读书，真是怪事——写书、出书又是为啥？评论家应该读书的，劝别人少读书，也是怪事——不读书，那些所谓的评论文章从哪里来的？买啥就吆喝啥，这连老农都知道，精英知识分子反倒不懂了。

忽然想起类似的关于“少吃肉”的话题。医生给胖人说，要少吃肉，防止得脑血栓、脂肪肝啥的；胖人给瘦人也说，要少吃肉，多吃青菜、水果，对健康有利。话好像都没错，但这话是富人给富人说的，城里人给城里人说的，那些胖子、瘦子都是城里人、富人，农村人、穷人不会相信。他们有些一年到头还吃不了多少肉，肠子里还缺着油水呢。城里人、富人说“少吃肉”的时候，没想过农村人、穷人的感受，话怕是有些自私、有些片面、有些矫情。

同样，好些读者还在期待着有好书读呢，好些作家还知识储备很不够呢，“少读书”的话怕是也有些自私、片面和矫情。

现在的怪事多，城里人、富人吃着农村种的粮食，反过来思考问题、说话的时候，就忘了农村人了。作家、评论家是靠读者养活着的，思考问题、说话的时候却也就忘了读者。

真有一天，农村的肉不送到城里了，富人们吃不上肉了；真有一天，读者都不买书了，不读书了，这些人不知还会说些啥。

# ·第三辑 评文说事·

# 纯净朴诚的宁夏少数民族文学

近年来，宁夏文学开始走上中国文学前台，从“绿化树”到“三棵树”，终于形成“文学林”，呈现出万木同春、花开满园的喜人局面，取得了引人瞩目的成绩。马知遥、石舒清、查舜、郎伟、金瓯、李进祥、白草、单永珍、马占祥、了一容、马金莲、平原、阿舍、曹海英、马悦等少数民族作家不断有佳作问世，有些作品还获得了鲁迅文学奖、全国少数民族文学创作“骏马奖”等。“宁夏少数民族作家群”“西海固作家群”的崛起是近年来中国文学引人注目的现象之一。

宁夏少数民族文学的第一个特质是纯净。宁夏少数民族作家以回族作家为主体，还有东乡族、维吾尔族、撒拉族、蒙古族、满族等，他们普遍对文学创作、对文字怀有敬畏之心，作品大多纯净、从容、蕴藉、温暖。阅读宁夏少数民族文学作品，不会发现玩世的态度、游戏的文字、颠倒的伦理，可以说宁夏少数民族作家自觉地维护着汉语文学的纯粹和优良传统。

在中短篇小说方面，石舒清的《清水里的刀子》、李进祥的《换水》、马金莲的《长河》、马悦的《飞翔的鸟》等，都具有地方文化的鲜明特征。

从诗歌方面来说，单永珍、马占祥、泾河、查文瑾、马晓麟、保剑君、杨贵峰等人的诗歌也都特色鲜明如泾河的诗虔诚而热烈、朴实而羞涩，他从当地人民的生活境遇和风俗习惯入手，追求心灵的纯净、人格的自由和独立，在内容和形式上都显示出了与众不同的意境。单永珍的诗则从本民族出发，获得了一种超越性，关注着他们在文明进程中的命运。

宁夏少数民族文学的第二个特质是朴诚。宁夏少数民族作家大多出生在农村，他们的作品充满了对故乡、本土和底层的关注。马知遥、查舜等老一辈作家，石舒清、李进祥等60后作家，了一容等70后作家，马金莲等80后作家，同样将关注的目光投向了底层。农村题材、传统手法使作品显得朴诚、悲悯。

了一容出生在西海固农村，青少年时代有过很长一段流浪生活，这成了他最初写作的主要题材。在西藏淘金、在新疆牧马、在戈壁求生，这样的经历，使他的作品充满了传奇色彩，他也成为文坛上一个风格独特的作家。但了一容并没有停留在作品题材的传奇上，而是把更深沉的目光投向西海固这片厚重的土地，投向最平常的生活和最普遍的人心，写下了《走出沙沟》等优秀作品。

马金莲与其他80后作家截然不同。这表现在作品内容上，基本上都是农村题材，很多都是20世纪六七十年代的，是关于饥饿、关于物资匮乏的。很难理解她的那些记忆是从哪里得来的。那应该是老一辈人才有的记忆。那些生动的描述常让经历过这些的读者泪眼婆娑。文学本来就有追忆功能，对过往的人和事的描写同样也能体现出生活真味。

马占祥的诗也关注这一方旱塬苦土，他写下了《宁夏以南：写给高原的诗》等一些诗篇，诗句中不仅有着对家园热切的关注、痛切的热爱，还有对这一方苍生的礼赞。马占祥还写了一些以地名为题的诗，《半个城：叙述或记事（组诗）》《喊叫水》《张家塬》等，诗风更加凝重，还有一种悲悯。马占祥写得最好的是一组人物诗，《我的兄弟马生国》（这首诗是他和马生国同吃同住了5天后写下的，其中倾注的感情是真正兄弟般的）、《我朋友杨辉的爷爷》《补鞋匠周瘸子》等，都是写身边的人，都是怀着真感情写的，看不出技巧来，却真正的感人。写人是最见功底的，至此，马占祥的诗有了自己的特质，有了更多人性的光彩。

农村题材、苦涩记忆、传统手法，是宁夏少数民族作家，尤其是西海固作家的普遍风貌。粗看起来，有些单调和陈旧，但仔细品味，就会发现，宁夏少数民族作家书写底层、苦难的时候，没有抱怨命运的不公，没有控诉政策的不平，而表现的是在苦难中人的忍耐和尊严、民族的坚忍和崇高，可以说，这达到了哀而不伤、怨而不怒的文学境界。

宁夏少数民族作家还善于用孩子的眼光来看待苦难。这方面马金莲尤其典型，她的许多小说，比如《羊头》《蝴蝶瓦片》《古尔巴尼》《巨鸟》《父亲的雪》等，都是用小女孩的视角来写的。同样是写苦难，在马金莲的小说中，却有一种阳光照彻着，作品也由此显出绚丽的五彩。在孩子的眼睛里，生活总是美好的。在我们童年的记忆里，所有的苦难都有甜蜜的成分。她的小说中经常有笑出现，“她忽然笑起来”，“笑着笑着忍不住笑出了声”……读这样的句子，真的会让人忍俊不禁。但轻松地笑过了，用马金莲小说中的话说，“笑着笑着，就笑不出来了，慢慢地感到了害怕。往深处想，冷汗涔涔地下来了”。(《古尔巴尼》)悲欣交集，才真是痛彻骨髓。

宁夏少数民族作家并不封闭，很多作家视野开阔，描写的内容不仅限于故乡和母族，而是把眼光投向更深邃的内心和更宽广的世界。宁夏的少数民族作家对国家和中华民族有着强烈的认同感，很多作品着眼的是整个国家和民族。例如《低保》《采风》《屠户》《狗村长》等作品，对当今的中国现实有着惊人的透视，对国家发展过程中出现的问题有着深切的忧患。宁夏作家还把眼光投向整个世界。《四个穆萨》等作品关注叙利亚、阿富汗等战乱地区，在新世纪以来风云激荡、战火不绝的世界问题面前，这些作家较早也较深入地以小说形式思考了战争与生命、反抗与救赎、压抑与温暖等命题，带有罕见的国际主义立场和迫切而深沉的人道关怀。

在写作手法和技巧上，宁夏少数民族作家也并不落后，很多作家都有对其他地区作家，以及对西方现代、后现代文学的借鉴。

满族作家金瓯是最早具有现代艺术追求的宁夏少数民族作家之一，他的中短篇小说《鸡蛋的眼泪》《一条鱼的战争》等，明显有西方后现代文学的影子。这些作品具有多重视角、多元结构和多义题旨，显得朦胧迷离，而又机智生动。

平原、阿舍、曹海英等宁夏少数民族作家的作品也具有明显的现代风貌。阿舍是维吾尔族，出生在新疆，生活在银川。她的写作营养不是来源于故土，也不是来源于居地，而是来源于阅读，对西方文学的阅读，对社会现实的阅读，对人心的阅读。她用汉语写作，写散文、写小说，写城市、写女性，写现代人的生存困境。在她的小说集《奔跑的骨头》、散文集《撞痕》中，可以看到很多煎熬的人、压抑的生活，以及摆脱平庸的愿望和挣扎。曹海英和阿舍有相似之处，都关注的是城市女性的生活，但曹海英的小说要平和冲淡一些。她一般取材于平凡、细碎的日常生活，在平淡的描写中，表现出一种孤独和无奈，还有美好的梦想。其作品揭示了乏味的生活对城市女性的压抑，描述了肉体和精神之间的纠结。人是可以用另一种方式生存的，生活是可以更美好的，这是曹海英的小说最想表达的。

宁夏回族作家的作品中，还有很多类似魔幻色彩的元素。马金莲的《蝴蝶瓦片》中，老刀和小刀两个人物具有魔幻色彩，蝴蝶瓦片能引来雨水，具有魔幻色彩，小女孩与粮食的交流同样具有魔幻色彩。这种魔幻色彩并不是模仿魔幻现实主义，而是来源于民族文化传统。包括石舒清，很多回族作家的作品中，自觉不自觉、或多或少地都具有这种色彩。

# 快的世界和慢的文学

这世界太快了，文学有点跟不上。文学喜欢慢，喜欢不慌不忙地走，喜欢看看周围的风景，喜欢与陌生人拉拉闲话，喜欢偶尔停下来凝视一朵野花，喜欢与一只鸟儿对话，喜欢打个盹儿做个梦。但世界却直奔目的地，上了高铁、上了飞机、上了信息高速，绝尘而去。文学只能远远地落在后面，大声地喊：小心！危险！世界听不见，或者假装听不见，甚至在心里鄙视、嘲笑，依然一路狂奔。

文学从来没有这样落伍，这样被轻视过。

100年前的鲁迅时代，文学还扮演着更夫和启蒙者的角色，嫌世界太慢了，太沉寂了，对着世界大声地呐喊，大声地疾呼，快醒醒，再不能沉睡了，再不能过那样的日子了！喊了几十年，还真喊出了一个新世界。当然了，新世界的诞生是用了无数的鲜血和生命换来的，但文学在其中也功不可没。

自恃有功的文学，到了1949年以后，却失去了自己的角色。人们似乎都醒过来了，用不着唤醒者了。文学不大适应新角色，有的逃避了，钻进故纸堆里去了；有的则成了世界的小跟班，言不由衷地说着谄媚的话。

20世纪80年代，文学又找回了启蒙者的角色。揭伤痕，露疮疤，否定过去；说改革，谈发展，展望未来。文学指点江山，激扬文字，大有引领潮流舍我其谁的气概。但仅仅10多年，世界就走到前面去了，文学又一次被甩开了。文学还在茫然，还在叹息的时候，世界走得更远了，变得更加光怪陆离了。文学无法引领世界，无法赶上世界，与世界并行、对话，甚至无法把握当下的世界了。

对当下的时代，不光是文学，甚至连哲学和社会学都无法准确把握。人们只能笼统地说，这是个大时代，或者说，这是个小时代。谁也无法给这个世界下一个准确的定义，无法用一两个词语概括时代的本质特征，只能用一大堆的词语来描述表象，说这是个物质丰富、信息发达、文化多元、变化急速、生机勃勃的时代，说这是个文化断裂、伦理崩塌、信仰扭曲、精神空虚、非常压抑的时代。怎么说似乎都能说得通，怎么说又都说不准。按理说，文学应该喜欢这样的时代，时代的纷繁能给文学提供丰富的资源，但实际情况却是，文学只看到了一些破碎的、零散的东西，就像一个孩子远远地看到地上在闪光，以为是什么宝贝，跑到跟前，却发现只是一块碎玻璃。

其实，文学总是怀念过去的时代，或者期望未来的时代，而对当下的时代充满警惕。在文学看来，任何当下时代都是不完美的，都是有缺陷的。所以，文学总是冷眼看着当下，总是发出质疑的声音。过去的时代也许并不美好，但文学总是深情地回望着，充满感情地追忆着、述说着。即便是历史中不可逆转的悲剧，文学也总是会献上一曲挽歌。

在文学看来，历史是缓慢的。当然了，文学所关注的历史，并不是史学所关注的历史。史学所关心的是凸显在历史表面的存在，而文学所关心的则是隐没在历史背后的存在，也就是人。史学有时候也涉及人，但它关心的是人外在的东西，文学关心的是人内在的东西。从这个角度来说，文学眼中的人，变化是缓慢的；文学眼中的历史，也是缓慢的。历史是缓慢的，文学也是缓慢的，两个慢性子倒合得来。

在中国尤其如此，中国文学一直有这样的传统，不描述当下。即便是描述当下，也假托汉唐、魏晋，或者找个大荒山、无稽山、青埂峰之类的来历。文学作品中隐去“朝代年纪、地域邦国”，对故事发生的时间地点语焉不详“均失落无考”，弄得“假作真时真亦假，无为有处有还无”。这大约不全是害怕，还有一种文学的情结在里面——越是久远的年代，越有故事；越是久远的故事，越有可信度。

乡村是缓慢的，文学也是缓慢的，乡村的慢和文学的慢非常契合；乡村是感性的，文学也是感性的，乡村的感性和文学的感性非常契合；乡村是守旧的，文学是怀旧的，乡村的守旧和文学的怀旧非常契合。

文学喜欢乡村，但却不认识当下的乡村，或者说不敢认当下的乡村。就像鲁迅不认识闰土、不敢认闰土一样。鲁迅时代的乡村，是病着的、羸弱的乡村，乡村蹒跚地走着，甚至是倒退着走的。文学从那里看到了贫穷和愚昧，文学因此感到心痛，感到恐惧。文学告诉人们，这样的乡村必须改变。沈从文的乡村就按照乡村本来的步子走着，甚至是按照理想中乡村的样子走着。文学从那里看到了理想的乡村该有的东西，看到了人性和人情中最美好的东西。文学因此感到宁静，感到温情。文学告诉人们，这样的乡村该永远地存在下去。路遥的乡村已经开始准备上路了，有了一种焦躁和背弃的念头。文学从那里看到了激荡和冲突，文学因此感到不安，感到痛惜。文学告诉人们，乡村即将换个样子，会过上好日子。乡村确实该换换样子，村里人确实该过上好日子，这确实天经地义。而乡村走到当下，却失去了方向，乱了步伐。乡村不再按着自己的步子走，而是学着城市的步子在走。穿上西装，盖起楼房，有点像城镇的样子，却丢掉了自己的样子。这样一来，文学心目中的乡村没有了。尤其是，作家们早就进城了，居住在县城、省城、京城，很少回到乡村去。即使去了，也认不出来了。没办法，只能描写过去的乡村、理想中的乡村、概念中的乡村、想当然的乡村。很多作家在描写乡村，却没有人能写出当下的乡村。

城市比乡村要快得多，也更难以认清。城市的高楼遮蔽了远处的风景，城市的灯火遮蔽了人心的火花，还有很多的企业店铺也遮蔽了人情世故。地铁、高铁、汽车，高速路、立交桥，这些都比乡村快，连网络都比乡村快。城市里的文化也更加扁平化、碎片化，更加难以拼接。文学就在城里待着，却无法表现城市。

文学不喜欢当下的乡村，不喜欢当下的城市，也就不喜欢当下的世界。文学只能假装喜欢这个世界，在书斋里编造一些故事，到网络上寻找一些段子，敷衍成篇，来表现这个世界。画虎不成反类犬，弄得这个世界也不喜欢文学了。

文学不喜欢世界，世界似乎无所谓；世界要是不喜欢文学，文学就麻烦了。来自各方面甚至包括文学内部指责的话、谩骂的话，倒不可怕，可怕的是世界对文学有些失望、有些厌弃、有些不屑一顾了。世界对文学的未来失去了信心。

文学对世界的未来却一直都充满希望。未来是不可知的，但文学也总是热情地畅想着，充满期待地预测和预言。文学总是觉得未来会更好一些，世界可以更好些，生活可以更好些，人也可以更好些。文学就是通过这些给人以希望，也是通过这些，显示出一种预言的力量来。文学的预言已经一一实现，或者正在实现。

文学最无法预言的是自己的命运。文学会死亡，还是只会衰落？文学会有所变化，还是会面目全非？文学一直这样微弱，还是会重新振作？答案谁也不知道，文学自己也不知道。

文学应该知道的是，不能被世界的表象迷惑了。这世界尽管纷繁复杂、光怪陆离，破碎而凌乱，但最本质的存在是人。世界可以遗忘人，但文学最不能遗忘的就是人。抓住了人，就抓住了狂奔的世界的缰绳。文学还应该知道的是，不能跟着世界去奔跑，就像人们不能跟着刘翔去奔跑，但可以欣赏人奔跑时的力与美，可以表现人对更高、更快、更远的一种追求。文学最应该知道的是，“发现只有文学才能发现的东西，这是文学存在的理由”，也是文学能够长存并发展的理由。这世界还有很多需要文学才能发现的东西，文学应该对自己的命运充满信心。

# 泥土里开出的鲜花

## ——谈“拇指作家”马慧娟的散文创作

马慧娟是以“拇指作家”之名为很多人知道的。新华网有关于她的一则报道，说她“6年来在田间炕头坚持用手机写了40多万字的随笔和散文，光手机就摁坏了7部，记录了像她一样的西北回族女人的酸甜苦辣”。随后，一些网络媒体也跟进报道，马慧娟一时成了当地有名的草根作家。新闻报道总会找一些宣传点或者噱头，对马慧娟的宣传，集中在“初中文化”“种地打工”“回族妇女”“拇指写作”几个点上。这样的宣传，对一个基层写作者来说，可能是一种鼓励，但对她的文学创作来说，并不一定是好事。我一直觉得，用脑瘫、残疾、农民、打工者等标签去定义一个作家，表面上看似“认可”，实际上是一种歧视，甚至是亵渎。不管是什么身份、什么地位，作家就是作家，作家要用作品说话。

在引起媒体关注之前，马慧娟在《朔方》《黄河文学》等刊物上发表的散文作品，我读到过一些。有一篇散文叫《行走在春天的风里》，写她从宁夏南部山区搬迁到红寺堡移民区的生活。红寺堡本来是一片荒滩，经过多年改造，还是风沙肆虐。“一大群羊像雪球一样在旷野里慢慢前进。不明白羊群在一片荒芜的沙土地上吃着什么？它们一个个那样肥壮，难道是在吃土吗？”“狗蜷缩在窝里用两只前爪托着脑袋，眯着眼睛看这飞沙走石的情景，任风沙肆意挤进它的窝，再散落在它的皮毛上，它都不肯改变姿势。频繁的风足以让任何东西都麻木和漠视它……”“眼前突然一团粉红，居然是一株盛开的桃花。不到一米的枝干上挤满了花骨朵，粉红中透着洁白，争相在这恶风中娇艳盛开，似乎狠狠地嘲笑着风的肆虐。”生存总是艰难的、无奈的，但在艰难和无奈中，万物生长！从这样的文字里，我们能感受到生命的力量、文学的力量。另一篇散文《被风吹过的夏天》，写她的打工生活。她和一群女人一道剪一天树苗，挣70块钱。女人们的面庞被晒成棕红色，嘴上也裂开血口子，但看到剪下的花朵，她们“就拿这些艳美的花儿尽情地装扮。你别三串，她别五串，鬓角、头顶、脑后，恨不得编一个花环戴上……别着花的村妇比花更美，那笑容，那笑声，足以打动任何刻薄的心”，连工头都“没有出声责备，也笑着看这群女人胡闹。我从心里感谢大个子这一刻的宽容，原来爱美的心愿是共通的”。

马慧娟在生活中感受到生命的坚忍，发现了美的挣扎，并用文学的方式呈现出来。遮住作者的名字，不管她的身份，这就是一个作家。而她的作品中，充满着生活的质感、泥土的味道、情感的肌理，又有着明显的辨识度。那些生活，那些文字，是住在城市、坐在书斋里的作家无法写出来的。而对生活的准确把握，对文字的敏锐感觉，又使她从相似处境的文学爱好者中脱颖而出，具备了成为一个好作家的潜质。宁夏作协想送她到鲁迅文学院去培训。她回话说，很希望去鲁院，但现在忙着种地打工，等有空闲的时候她才能去。我有些同情她的境遇，但尊重她的选择。

对一个作家来说，尊重远比同情更重要，特别是对一个所谓基层作家、草根作家。而最好的尊重，就是阅读她的作品，与她进行深入交流。正好马慧娟要出一个散文集，她发信息给我，要我给写个评论。我欣然应允，因为这就是一个阅读和交流的机会。

《溪风絮语》这部散文集收录了她近20万字的作品，我断断续续读了20多天。通过阅读这些作品，我对马慧娟的创作有了比较全面的了解。我感觉马慧娟的散文作品，有这样几个特点。

一是生活的质感。马慧娟的散文就是记录她的生活。比如，《野地》记录她和几个农民为建设公路打点撒线的事。在野外工作，一天翻山越岭负重行走8个多小时，工头每天还要故意拖延下班时间。他们为了争取按时下班的权利，被工头解雇了。生活是艰辛的，也是无奈的。也许马慧娟就是想记录这些艰辛和无奈，但不全是。文学的根要深深扎在泥土里、扎在生活中，但仅仅把生活记录和描摹下来，还不是文学。文学还需要在泥土里开出鲜花来。可贵的是，马慧娟的眼睛里有美好的事物。劳作的间隙，她看到了山羊，看到了鹰，看到了河流，看到了野马，几匹野马“阔步走着，气定神闲，它们不戴缰绳，不配鞍，随着性情，就这样阔步于山上”。她的心中也有鲜花，她感受到穿着臃肿的自己“是值得别人羡慕的人”，感受到“暮色中的这片土地美丽安详”。自信和自嘲、自尊和自爱，无聊中的趣味、无奈中的忍耐，还有对自由、对美好生活的向往，这些都是马慧娟心中的鲜花，也是她作品中的鲜花。

二是流动的画面感。因为没有太多的时间来写作，也由于是用手机来写的，马慧娟的许多散文、随笔都是片段式的，比如《旅途散记》《黑眼湾组诗》《农闲笔记》等，尤其是“随笔六十六则”，三四百字一个片段，每一个片段写一事、一物，或者是一个场景、一个画面，组合起来，有一种流动的画面感。马慧娟非常善于捕捉和描写画面，那些画面有些像油画一样厚重，有些像国画一样飘逸，还有些像水彩画一样灿烂。

三是小说的笔法。马慧娟的很多散文，都可以当小说来读。她的散文不光具有故事性，有大量的细节描写，也始终在关注人、刻画人、塑造人。《野地》中撒尿撒不出直线的高玉宝、实习生小郭，《被风吹过的夏天》中的工头大个子等，这些人物着墨不多，却都栩栩如生。三言两语，一个人物形象就跃然纸上，这是小说家应有的功力。马慧娟有这样的能力，她要是写小说的话，应该不会差的，甚至会比她的散文更好的。实际上，马慧娟也在尝试着写小说。她有个长篇小说叫《罗山脚下的女人》，写西北农村女人们的故事，已经写出了一部分。

四是卑微中的尊严感。文学需要叙述、描写，需要细节、人物，这些还不够，文学还需要一些灿烂的飞翔的东西。叙述描写出来的是文字，而文字背后那些飞翔的东西，才让文字成为文学。马慧娟的文字平易、朴实，文字的背后有一种忍耐和顺从、通透和豁达，劳苦一天，“下午回家时，手已经肿得和馒头一样，腰也直不起来，脸上头上全是土，可把一天的工钱攥在手里时，还是乐呵呵地傻笑”。“疏离了一个冬天的娘儿们又聚在一起，在旷野里笑得地动山摇，笑彼此胖了的身体……”那不光是冷峻的幽默感，那是卑微中的尊严感。也正是这种尊严感，才打动了读者的心。

马慧娟用自己的文字，给予身处底层的人物以尊严，也通过写作，为自己赢得了尊严，赢得了关注。她是个农民，也是个作家，在农田和稿纸上同时耕耘，汗滴滋润着禾苗，也滋润着文学。像她这样一边为生计而奔波，一边为心灵而书写的人，值得尊敬和期待。最近，又有多家媒体在报道她，社会各界也在资助她，希望她的生活境遇能因此改变，同时也希望她能保持本心，有尊严地生活、有尊严地写作。

# 山野荒火

## ——读陈原的散文作品

我一直认为，陈原是个被忽视了的作家。

我以前也没有关注过他。直到2010年我上鲁迅文学院的时候，我们同班，这才见到他，读到他的作品。最早接触的是他的诗。班上组织了一个朗诵会，有同学朗诵了他的一首诗，我听了感觉好，下来就要他的诗看。他说没带集子，就给我邮箱里发了几组，《在狰狞的时间里》《我们修改了去天堂的路》等。我看了，心里着实受到震撼，其中有几句，我至今还很清晰地记得："让我带着我的棺椁下沉／这世界上只有土地在等待着我／在土地深处／我像蚯蚓一样／我带着自己的棺椁飞翔。"他的诗中，有着许多关于时间、生死、土地、山野之类的大词、大意象，这样的词语和意象是很难把握、很难抵达的，但他却用想象的翅膀托起了这样一些词语，用情感的力量化解了这样一些意象，使诗句像流动的熔岩一样，看不到光焰，却又劲道十足。

我以为他就是个诗人，通过了解，我才知道，他最早写小说、写诗歌，后来主要写散文，出版过《祖父是一粒粮食》《大地上的河流》《大地的语言》三部散文集。这样说来，他应该是个散文家。我这样说，陈原自己却不同意。他说，他要打碎所有的文体、打碎所有的文本，寻找一种新的表达和呈现。

那一段时间，他正在创作的《精神的水晶地牢》，应该就是这样的尝试之作。那是一部大作品，最初是两万字左右的篇幅，后来增加到七八万字，最后定稿有近二十万字。其中有散文、随笔、杂感、断章、诗句等，形式庞杂而随意，但主题却是非常集中的：世界不存在。时间不存在。我不存在。一切存在皆不存在。陈原不光是想打碎文体和文本，写出自己遥望期待的一部大书，他还有着更大的文字野心，试图向已有的宗教、哲学、文学、文化体系发起挑战。他把旧体系都当作人类精神的水晶地牢，努力想用语言的凿子，凿穿那个地牢。一次次地凿击，却并没有破壁而出，这叫我想起鲁迅比喻过的黑屋子。在解构的同时，他也试图建构，他追寻自己的水晶球，想用思索的力量，架起一个梯子，举起一个沉重的东西，却一次次地失败，这叫我想起那个推石头上山的西西弗斯。我这样比喻，似乎是想说明那部书是失败的。的确，从思想的角度而言，那部书是失败的，它并没有完成打碎的任务，也没能构建起一个新的体系来。从读者和市场的角度来说，那部书也是失败的，读那样的作品，读者不会获得愉悦，反而会自卑、自责和绝望。但从文本尝试的角度而言，从文学、文字的角度而言，那却是一部非常难得的书。在这样一个简写作、浅阅读的时代，在文学越来越走向通俗、走向市场，浅化思想、放弃探索的时候，对这样有难度的写作，文学界、评论界应该给予更多的关注。

陈原自己却似乎并不希望得到关注，有一段时间，他甚至拒绝发表作品。包括《精神的水晶地牢》在内，他的很多作品都存在电脑里，或者躺在抽屉里。我要了几篇看了，感觉好，推荐给几个朋友看，还推荐给几家刊物。朋友看了，反馈来的信息褒贬不一；刊物也是，有的退稿，有的头条发表。《土地上的月光》等几篇发出来，散文选刊转载了。读到的人，也都说好。对此，陈原似乎并不以为意，而我却比自己的作品发表了、得到好评还高兴。也正因为如此，陈原把我当成了文字上的知己，有了想法，和我探讨，写出作品，也给我看。鲁院毕业后，离得远了，他有时还会把新写的或是刚发表的作品发给我看。

去年秋天，他发给我一篇《山野物主》，三万字的一篇大散文，《十月》发的。他在附言中说："还有姊妹篇《山野物语》五万字。还有几篇两万字的，共写了近二十万字。这批文字是我真正此生无憾的文字。"陈原是个有着极强的文学个性和文化自信的人，但对以前的作品，他从来没有说过类似的话。他这样给我说，作品肯定错不了。我下载下来，放了几天，等没有杂事的时候，才一点一点地阅读。尽管我读过他不少的文字，但读完这篇后，我还是被吓到了。我本来想写一篇评论文章的，但似乎有一种眼前有景道不得的感觉，最终没有写。只发了一段微博：读陈原兄散文《山野物主》，有读《我与地坛》的感觉。站在高处，又贴着大地；视野开阔，又体察幽微；心胸博大，又自视若尘。真正的好文字！

面对真正的好文字，我们有时候真的无话可说。对《山野物主》，我还是不能说出过多的话。好作品，没必要过多解说，最好是读原文。姊妹篇《山野物语》等，想来也不会差。我虽然一直没能读到，但我知道他写的内容。陈原一直在书写大地，他自视为大地意象的寻找者、大地魂魄的收集者。他说："我的文字中，大地保持了它恒定的高贵。这是我的一种生命仪式，一种灵魂中永恒的守望，我在自己的文字里呈现了我心灵中的大地。"他用敏感的心灵体察大地，用深邃的思想触摸大地，用真挚的文字呈现大地，还有负载其上的河流、山野、宇宙、万物。他书写的大地并不是长粮食的土地，也不是盖楼的土地，无功无用，就是最初的山野。他书写的大地与当下无关，也与历史无关，只关乎心灵，承载他心中的荒火。

陈原的散文中似乎写过山野荒火，或者是他说过类似的话，我记不清楚了，但每读他的散文，我眼前总有一个意象：山野起火了，枯草燃烧起来，陈原处在一大片的火中。他手里挥舞着一根棍子——也许就是他的笔——捶打着，不知是在救火，还是在拨火。火星腾起来，在他身边飞溅；火苗烧起来，在他脚下游走。他蹦跳着、呼喊着，听不清是在惊叫，还是在大笑。

我这样想，似乎把他想成个疯子了。实际上，我心里一直有着隐隐的担心，怕他选择那样阔大的写作对象，那样沉潜地思索、艰苦地写作，时间长了，他会承受不住，会崩溃。不过也没有出现我所担心的情况。慢慢地，我才明白，他其实有着自己的信仰，大地和文学就是他的信仰，他对大地的书写就是在修行。

他的书写修行有两个维度：一个是走向怀疑的深处，就像《精神的水晶地牢》那样；一个是走向包容的宽处，就像《山野物主》那样。这一组五篇散文中，就同时包含着两种倾向，《幻想远方》和《山寨》偏向质疑，《岁月深处的风景》和《深秋的黄河口湿地》显得宽容。湿地的意象，本来就是容纳江河、涵养万物的，但在陈原的书写中，湿地有着包容一切的广袤，其中也隐含着幽暗和野蛮。他恣意的野蛮的想象被打开，在想象中像推动一块巨石一样滚动着那无限阒静的夜晚，看到了被巨石压在下面的嫩芽，看到了那夜晚的背面的醒目的带血丝的嫩肉。姥姥的形象是宽厚、慈爱和悠远的，但在陈原的书写中，姥姥也是衰败、丑陋的象征，在街头上看到一个披头散发的疯女人的时候，他想到了姥姥。想到姥姥，他还想到在那片土地上的童年生活，以及他所接受的黄土地带来的闭塞落后和愚昧。在同一篇作品中，实际上包含着怀疑和包容两个维度。

据我对陈原的了解，他还会走向怀疑的深处去，打碎文体和文本，打碎思想的禁锢。他也会继续走向包容的宽处，探索山野大地的存在本质，构建起山野和大地的文字秩序。这两个维度阴阳互补，相互作用，有可能消弭了他内心的荒火，构筑起他写作的新高度。

说到“高度”这个词，我忽然想到，陈原有严重的恐高症。在鲁院的时候，我们一起去看戏。座位在剧院的二楼，他一进去，就显得不自在，勉强坐下来，浑身就抖起来，面色也变了，戏还没开始，他就退场了。像他这样严重恐高的，真不多见。想来他一直书写大地，潜意识中是求得一份踏实？他于文学上不张扬、不宣传，也是一种恐高？

一个写作者，他的肉身是羸弱的、胆怯的、恐高的，但他却一直在追求着精神的高度、文字的高度、文学的高度。这样的写作者，是值得尊敬的；这样的作品，是不应该被忽视的。

# 从比较中认识马金莲

## ——在马金莲作品研讨会上的发言

马金莲的大多数小说我都认真读过，但我不想就具体的文本进行分析，想通过比较的方式谈谈马金莲。说到马金莲，大家都知道，她是女作家、80后、西海固作家、回族作家，我就试着从这几方面说一说。

### 与其他女作家比较

马金莲的大部分作品都描写的是西海固地区的农村女性，大多数小说的视角也是女性的，而且是以女性特有的细腻灵动的文字来表现的，应该算一个典型的女作家。但马金莲与其他的女作家还是有着很大的不同，不仅与前卫的那些女性写作不同，与传统的如王安忆、迟子建、叶广芩等也很不同。这些不同不在文本层面上，而是在小说和作者的内在意志上。前卫的女作家太注重女性身体，传统的女作家太注重女性精神。而马金莲还处在一种自然、自在、自为的写作状态。这样的状态对现在的马金莲非常适合，但对发展的马金莲却有点欠缺。内在的自我或生命意志的觉醒对作家还是很重要的。任何文艺作品，最感人的不是技巧，而是艺术家内在生命意志投射到艺术品上而产生的生命光华。正如一件文物，有款的和没款的，价值相差就很悬殊。我个人认为，中国当代作家中，路遥、史铁生属于内在生命意志比较强大的，在作品中的投射也很强，他们的作品打动人的，已经超越了文本层面。这一点上，马金莲，包括我们都应该借鉴。

## 与80后作家比较

可以肯定地说，马金莲与其他80后作家截然不同。如果遮住名字的话，她的文字老练得更像是60后。这首先表现在作品内容上。马金莲的小说基本上都是农村题材，很多都是20世纪六七十年代的，是关于饥饿、关于物资匮乏的。很难理解她的那些记忆是从哪里得来的。那应该是60年代以前出生的人才有的记忆，那些生动的描述常让60年代前出生的读者泪眼婆娑。文学本来就有追忆功能，对过往的人和事的描写本无可厚非，但太多的追述对于更年轻的读者无法产生共鸣。其次，表现在写作手法上。马金莲的小说中传统因素居多。传统的不一定是落后的，我自己就喜欢传统的东西，但对马金莲来说，还很年轻，应该多尝试一些现代、后现代的手法，丰富自己的文学表现。

## 与西海固作家比较

农村题材、苦涩记忆、传统手法，其实也是西海固作家的普遍风貌。西海固作家群的确立，不仅是因为地域，还因为整体的文学风貌。实际上没必要担心相似性，全中国甚至全世界的文学都有相似性，相似性构成互相认识的基础，在相似性中凸显独特性，才能出乎其类、拔乎其萃。西海固作家群中每一个作家还是有着自己的风采。马金莲，她的很多小说都采用小女孩的视角，这就淡化了许多苦涩，小说中人物特有的认命、忍耐、顺服等品质也使苦难有了崇高的意味，她的作品也因此显出自己的风貌来。其他作家也一样，都在用不同的方式显示出自己的独特性。也没必要担心地域性，我认为每一个地域的书写者，同时也是世界的书写者。因为没有人是一种单一文化的传承者。这正如一条河，没有人能分得清，在一条河里，哪一滴水是雪花融化的，哪一滴水是雨水汇集的；哪一股水是亘古的地下冒出来的，哪一股水是现时的雨雪聚起来的。它们共同融进一条河里，成了河的一部分。也正是所有的地域性书写才汇成了世界性书写。这正如一条河，不管多么细小、地处多么偏僻，最终都要流向大海、流进大海。而在大海里，分不清，也不必要分清，哪股水是从哪一条河里流进去的。

## 与其他回族作家比较

我们看某一家的兄弟姊妹，觉得很像，有些简直分不清。他们自己却分得很清楚。同样，看回族作家的作品，总有些相似性，尤其是同一个地方的人，写同一个地方的事，相似性是客观存在的。在谈到马金莲的作品时，很多论者都容易把她与石舒清，有时候也与我作比较。实际上，我们之间还是有着很大不同。都说文学如灯，就拿灯打比方，在一个黑暗的窑洞里，石舒清就像一根蜡烛，火苗清亮，光焰纯净，光晕温润；我就像一盏油灯，使劲地想发点光，火焰中却夹杂着黑烟；马金莲呢，就像是一面镜子，把光束投进黑屋子，绚丽灿烂，五彩缤纷。马金莲的许多作品，比如《蝴蝶瓦片》等，的确是有光彩的。小说能焕发出光彩来，是很可贵的；但小说只有外在的光彩，还是不够的，还要有内在的核。我这样说，是想给马金莲提点建议，多读点宗教、哲学方面的书籍，建立起自己的作品的内核，外面有光，里面有热，作品还会上一个台阶。

## 与她自己比较

把一个作家拆分出性别、年龄、地域，把一部作品拆分出题材、情节、语言来比较分析，实际上并没有多少意义，就好像是把一个建筑拆成砖瓦木石来进行分析一样。作家、作品是一个整体。对一个作家来说，最可靠、最确定、最有意义的是与自己比较。

我最早注意马金莲，是看了她发表在《回族文学》上的一篇小说《掌灯猴》，当时真是有些惊异、惊喜。那应该是2004年，那时，她的小说已经达到很高的水平。随后的《碎媳妇》《尕师兄》等几篇，依然保持了较高的水平。尤其是2010到2012年，马金莲的小说无论是量上还是质上，都有暴发之势，引起文学界的普遍关注。总体来说，马金莲这些年一直处在一种上升的势头中，这种势头让大家充满欣喜和期待。今天召开这样的研讨会，大家从各个角度对她的作品作出肯定，同时也提出一些中肯的建议，就是希望她能走得更远。我相信马金莲能走得更远。

# 童年记忆是文学的根脉

## ——读马金莲的儿童文学作品《数星星的孩子》

马金莲忽然写出一部儿童文学作品，这在业界或读者看来，多少有些意外，我倒觉得一点儿也不奇怪。我甚至觉得，马金莲应该会写出这样一部作品来的。这不是我的预见，而是一种期待。

期待源于了解。此前，马金莲已经写过一百多万字的小说，出版了一部长篇和四部中短篇小说集。我是她的同乡同道，一直关注着她，读过她很多作品。乡土题材、过往叙事、苦难呈现、儿童视角是马金莲小说的几个特点，其中儿童视角显得尤其突出。马金莲的作品中，有一半以上都是用儿童视角来写的。更重要的是，马金莲不光是用儿童视角在写作，而且是用赤诚的童心在写作，这使她小说中的乡村显得宁静，往事显出光彩，苦难得到消解，也使她的作品显现出率真、自然、冲淡、悲悯的艺术面貌，承接萧红一脉，获得了诸多奖项，受到了广泛的赞誉。

在取得成功之后，马金莲却转而写儿童文学，就我的理解，这是马金莲拓展作品路子的一种尝试。这几年，马金莲在保持一贯的写作风格的同时，一直在尝试新的写作方向。这种尝试从两个维度上同时进行，一边是写作题材、体裁的扩展，一边是写作资源、根脉上的更深层挖掘。

文学的根脉之一，就是童年记忆。童年记忆对一个作家来说，是非常重要的，甚至是决定性的。许多作家的写作都是以童年记忆为底片的，而更多的作家作品里虽然看不到童年生活的影子，但细究起来，文字的背后总是与童年记忆有着隐秘的镜像关系。

正因为如此，很多优秀的作家，都写过儿童文学作品，甚至有的凭借儿童文学作品获得了诺贝尔文学奖，比如瑞典女作家塞尔玛·拉格洛夫的《尼尔斯骑鹅旅行记》。还有一些获诺奖的作家回过头来写儿童文学作品，比如戈迪默的《我儿子的故事》。表面上看起来，那是写给自己的孩子或其他小朋友的，但实际上，还是写给自己的，写给全人类的。好的文学作品是属于全人类的，承载的是人类的共同理想、价值，传递的是爱与希望，不分成人和儿童，也与题材无关。

具体到儿童文学作品，也有着自己的特点。一般的儿童文学作品总是超现实的，有着离奇的故事、奇幻的经历、神话的色彩。但马金莲的这部作品却是写实的。故事在一个叫扇子湾的小山村展开，一群孩子通过努力，抓住了偷麦子的神秘盗贼。故事如此简单，却饶有趣味。原因是故事之外有杏树、清泉、麦田、山坡，乡村的生活丰富多彩，孩子们在麦场里捉迷藏、丢沙包，吊在杏树上打秋千，夜里陪着奶奶睡在麦草窝里"看场"，头顶上是辽阔无垠的夜空，夜空里布满了璀璨的星星。这样的故事，这样的生活，对现在的孩子、对城里的孩子来说，实际上也是陌生的，几乎可以说是超现实的。马金莲正是通过写实，从而达到了一种超现实的文学效果。

儿童文学一般都有成长、友情、勇气、亲情等主题。马金莲的这部作品中，除了这些，还有她作品中总是绕不开的苦难，有清贫、寒酸、苦涩的日子，但也有坚忍与豁达、温情与良善、幽默与风趣的人。更突出的是，这是一部描写回族孩子成长的作品，一群回族少男少女带着一个民族的特殊印记，带着民族灵魂深处勤劳、质朴的优秀品质，慢慢向读者走来。

虽然是儿童文学作品，但马金莲依然坚持一贯严肃的创作态度，非常注重文学性。《数星星的孩子》故事情节生动活泼，真实有趣，引人入胜。叙述语言平实轻灵，符合儿童特点，适合儿童阅读。尤其是人物形象，非常鲜明。故事中有很多人物，赛麦姐姐、阿舍姑姑、大拇指、小拇尕、爷爷、奶奶、二奶奶等，都是鲜活的、有个性的。稍稍分析一下，就会发现，这些人物里除了儿童，就是老人。老人在儿童文学作品中，一般是以神仙、智者的形象出现的。《数星星的孩子》中的老人，虽然都是普通的农村老头老太太，但他们身上同样有着千百年来传承下来的民间智慧，是儿童成长的点播者、引路人。

这部十五万字的作品是轻灵的，也是厚重的，不仅适合儿童阅读，也适合成人阅读。对她以前的读者来说，也不会有陌生感，相反，会从中发现更多的惊喜。

# 纯真的目光

## ——马金莲和她的小说

马金莲是一个撞入我视野的作家。2005年底，当我第一次读到她的小说《掌灯猴》时，就感觉这个二十出头的女作家，有着让人不敢小觑的创作实力。小说《掌灯猴》发现（我这里说“发现”是以前真的很少有人写过）了一种人，就是生活中的配角的配角，一个给作嫁衣的绣女掌灯的女人，写出了她的生存状态和人性心理。这是一个重复了又重复的写作时代，发现一种普遍的人性心理或生存状态，在成名的大作家都是梦寐以求的，在马金莲，应该算是妙手偶得。记得我读完《掌灯猴》时，感觉竟颇为复杂，有震撼、有欣喜，说实在的，还有些妒忌。我也曾有过类似的构思，没想到被她先写出来了。

我有与马金莲类似的写作构思，是因为我们生活的地方都差不多，相距也不过一百公里。她在西海固，一个不长粮食但长作家的地方。我在同心，一个比西海固更干旱的地方。虽说相距不远，但与西海固作家交往得不多，只是彼此关注着对方的作品，算是神交。见到马金莲，是2007年冬天了，在银川召开的一个会上，没顾上多说话。2008年又见了一次，交流也不多。我本来就自闭，不爱凑热闹。马金莲也好像不爱红火，文学圈的会都很少参加，默默地固守在一个偏僻乡镇，工作、生活、写作，睁大着一双孩子般的眼睛，关注着村庄里的事，家长里短、鸡毛蒜皮，还有隐藏在其中的悲欣交集的人生。在读马金莲的小说时，我以为她有一双很大的眼睛，但见到的马金莲却细眉细眼，不过眼仁黑亮得像孩童。

实际上马金莲一直在用一个小女孩的目光注视着世界，她的许多小说，比如《羊头》《蝴蝶瓦片》《古尔巴尼》《巨鸟》《父亲的雪》等，都是用小女孩的视角来写的。这种独特的视觉，使她在西海固作家中有了迥异的风貌。同样是写苦难，在马金莲的小说中，却有一种阳光照彻着，作品也显出绚丽的五彩。在孩子的眼睛里，生活总是美好的。在我们童年的记忆里，所有的苦难都有甜蜜的成分。她的小说中经常有笑出现，“她忽然笑起来”，“笑着笑着忍不住笑出了声”，“让人感到有些好笑”，“想想那样的情景真会让人忍俊不禁”……读这样的句子，真的会让人忍俊不禁。但轻松地笑过了，用马金莲小说中的话说，“笑着笑着，就笑不出来了，慢慢地感到了害怕。往深处想，冷汗涔涔地下来了”(《古尔巴尼》)。悲欣交集，才真是痛彻骨髓。

这样读进去，也才会感受到这个80后的女子，有着超乎我们预料的丰富与深刻。

马金莲的小说中，有一小部分用的是全知视角，也都取得了成功，还被全国性选刊和选本选载了，如《掌灯猴》《碎媳妇》等。虽说是全知视角，但由于叙述语言的一致性，我们还能感觉到有个小女孩的影子。只是在《碎媳妇》中，小女孩长大了，嫁人了，害口了，坐月子了，成了一个叫人心疼的碎媳妇。她有着女人特有的隐忍、柔顺和感性，像她的名字雪花一样，让人想捧在手里，含在口里。《掌灯猴》中陈丰年女人同样是让人心疼的，尽管她那么丑，只是个掌灯猴。但作者用小女孩柔软的心在描述，也使读者的心变得柔软，对那个只会掌灯的女人满心同情，没有一个读者忍心揭穿那个丑女人编织五年的谎言。

奇怪的是，马金莲还写了很多的丑女人、丑男人、丑孩子、丑风景、丑地名。“母亲的身子在我们眼里膨胀起来，像一只奇怪的羽毛蓬张的大鸟。她的面目丑极了。”（《羊头》）“牛旦妈是个矬个头，扁担一压上肩就气喘呼呼。”（《古尔巴尼》）。她写了哑巴、秃子、瘸子、矬子，有篇小说的题目干脆就是《丑丑》，甚至在创作谈中提到一件小事——“上庄一家人在为儿子准备结婚……儿子个头矮小，嘴脸丑陋……那媳妇我见过面……腿上有病，走路一瘸一拐，见了人不打招呼，连笑一笑也不会。”马金莲有这样的审美追求，叫人有些揣摩不透。造化是公平的，缺一样的就会给补一样。马金莲传达给我们的，也许是这个意思，也许还有更多的内涵。

马金莲的小说中还有许多不可解的，类似魔幻色彩的元素。最典型的是《蝴蝶瓦片》，老刀和小刀两个人物具有魔幻色彩，蝴蝶瓦片能引来雨水具有魔幻色彩，小女孩与粮食的交流同样具有魔幻色彩。有人会认为那是模仿，甚至马金莲自己也会认为是模仿。其实不是这样。

作家之间的互相认同和借鉴是存在的。马金莲就毫不掩饰对石舒清的崇拜，甚至是模仿。和石舒清一样，马金莲的小说语言也是细腻、温婉、弥漫的，但石舒清走向了深邃，走向了生活和人生的深处，语言显得沉稳、从容。马金莲的语言却有一种奔跑的语势，可能与年龄有关，也可能与她的成长记忆有关。“记忆里我一直在奔跑”，马金莲自己说。也有一些看似安静的描写，但语言在跳跃，像小女孩在跳方、跳皮筋，身子轻灵得像燕子，还有小鸟一样清脆无忧的笑声。马金莲的语言很富有灵性：“一颗麦子在我脚下挣扎。它用无望的眼睛看我，它不说乞求的话。……其实它们是可以哭上一场的。我们遇上了不顺心的事，实在过不了那个坎儿，就哭一场。偷偷哭也行，放开了声音也罢，没有人会笑话的。”“尘土在脚底乏乏躺着，昏昏欲睡。似乎连日来的烈日暴晒，它们也不堪干渴奄奄一息了。……我早就熟悉黄土地的脾性。尤其是铺在路面上的软乎乎的干燥黄土。它们静静伏着，只是一个假象。它们随时会苏醒过来，以无比轻盈的身姿飞舞起来，把世界弄得尘烟弥漫，把人呛得灰头土脸……”大量这样的句子，具有通灵的意味，给人阅读的快感。小说是语言的艺术，在当今小说语言普遍干瘪的情况下，马金莲的小说语言让人耳目一新。读这些句子，有读萧红《呼兰河传》的味道。我不知道马金莲有没有读过萧红，但可以肯定的是，她和萧红一样，都有无法埋没的写作天赋，都有一颗敏感善感的心，有一双童稚纯真的眼睛，也许她能取得萧红一样的文学成就。这也算是对她的期望和祝福。

# 马茹子是一种野蔷薇

马茹子是一种落叶小灌木，我们那里到处都有，丛生、矮干、细叶、红果，有的叫它马茹子，也有的叫它嘎拉木。

诗人马占祥的笔名就叫马茹子。我一直没有搞清楚他为啥会选择马茹子做笔名。我查了一下，它学名蕤核，别名蕤李子。叫人意想不到、哑然失笑的是，它属蔷薇科，竟然是和玫瑰、月季同属一科。估计马占祥自己也不知道。

因为都生活在同心，都业余写作，名字中又都有个“祥”字，圈内的人便把我和马占祥称为“同心二祥”。相熟些的还调侃我们是“红与黑”。我脸黑，像张飞，占祥像赤面关公。说我像张飞，仅仅是形似，占祥像关公，却是神似。占祥的义气，圈内圈外的人都知道。我和占祥虽未真的结义，但相知十年，也有些手足之情了。

占祥写诗。我认识他的时候，他已经是小有名气的青年诗人。第一次见面时，他就和我谈诗，谈诗人海子。占祥对海子的态度不仅仅是崇拜，他说海子是当代诗坛唯一的大师。而那时海子刚死，以极端的方式离开了诗坛，离开了人间。那个怪才、那个天才的死，留给诗坛、留给诗人们许多疑问、思考，还有伤痛。我写小说，不大读得懂新诗，不大喜欢新诗，也不大了解海子，便说了几句对诗、对海子不敬的话。占祥就红了脸，大声地和我争辩起来，几乎要和我动手了。我年长占祥几岁，性格也中庸些，便改口说了缓和的话。旁边的朋友也劝解，他还气呼呼地直嚷嚷。第一感觉，占祥是个把诗歌、诗人看得很神圣的人。

占祥很早就开始写诗。1990年，占祥十六岁的时候就开始发表诗作了，写诗的时间应该更早。大学期间，写了很多诗，用的笔名就是马茹子。那时候写的诗我读得不多，记住的诗句也不多。典型的有一首是《铜勺和鸽子》，应该算是朦胧诗。那一个阶段诗坛上流行朦胧诗，占祥也说过他喜欢李商隐的诗，尤其是“相见时难别亦难”等那些无题诗。但占祥的诗却并不是一塌糊涂的朦胧，他的诗有着丰富的意象、明丽的色彩和灵动的节奏。你可以想象一下鸽子起飞的样子和铜勺敲击的声音。

占祥后来的诗有了很大的变化，他开始关注这一方旱塬苦土，写下了《宁夏以南：写给高原的诗》：“黄土高原 / 宁夏以南 / 一座山 / 一条河和众多庄稼 / 在没有润色和修饰的叙述中 / 我还会提及 / 山坡羊、苦菜花、阳光、蜜蜂 / 它们在宁南 / 会

真实而湿润 / 犹如我低声地叙述……我将礼赞大地上的一棵展开的麦芽 / 在峁与峁相邻的塬上 / 谁吼着秦腔 / 用锄头挖掘生存的含义 / 我将礼赞天空第一声清晰的雁鸣 / 当霞光笼罩 / 当月光弥漫 / 我不能不怀念高原上的声音 / 那不是对清晨和黄昏发出的 / 而季节母亲 / 握镰的是我灵魂中最深刻的一幕 / 那些纷纷倾倒的庄稼 / 象征谁的命运 / 在宁夏以南 / 理应是重生的事情 / 我伸直双手 / 仍然拖不起高原上 / 众多目光里的忧郁和深情。”诗句中不仅有着对家园热切的关注和痛切的热爱，还有对这一方苍生的礼赞。占祥还写了一些以地名为题的诗《半个城：叙述或记事（组诗）》《喊叫水》《张家塬》等，诗风更加凝重，还有了一种悲悯。“如果上天无意从手指缝洒下几滴雨水 / 万物都将因感激而把自己从地表 / 再一次交出。”“张家塬　鹞鹰摆翅　山路缠络　蒿草枯黄 / 张家塬　村落孤单　阳光清白　山风缓慢 / 张家塬　命运叵测　心旌苍凉　目光深陷 / 那一刻：十万山峦汹涌着聚集张家塬　抬起或深埋了无数村落 / 那一刻：鹞鹰收拢了双翅陡然冲向拥有 / 三棵老槐的山湾。”也正是由于关注点的变化，占祥的诗受到《诗刊》《星星诗刊》等刊物的关注。去年又上了鲁迅文学院，参加了青春诗会。

占祥最受关注、最让人大吃一惊的是一组人物诗。从《我的兄弟马生国》开始，几乎全是大白话：“同心县马高庄乡张家井社周家川村群山环绕沟壑纵横 / 这里的人如今仍居住在山畔挖成的箍窑中靠天吃饭 / 我的兄弟马生国是这里唯一的初中

生 / 九〇年他没钱辍学了 / 我的兄弟马生国担任了代课教师每月五十元工资 / 我的兄弟马生国与二十六个小学生相依为命 / 十五年垫付学费三千元 / 我的兄弟马生国九四年结婚时山腰上土坯房的教室塌了……”这首诗是他和马生国同吃同住了五天后写下的，其中倾注的感情是真正兄弟般的。还有《徐耀成》，也是口语式的话。徐耀成在装广告牌时摔下楼，瘫痪了。有一次占祥和徐耀成几个人去游莲花山，徐耀成坐着轮椅，上不了山。几个人刚想着搀扶他，占祥却一下背起徐耀成，一直背到山上。占祥不是作秀，占祥做事、待人向来都是率性的、真诚的。同去的马啸给我讲了这件小事，马啸讲的时候眼里有泪光。还有《我朋友杨辉的爷爷》《补鞋匠周瘸子》等许多诗，都写的是身边的人，占祥都是怀着真感情写的，看不出技巧来，却真正感人。最令人感动的是《母亲》，“拄着拐杖”“四个假牙”的意象很朴素，“轻轻的一声：妈妈”实在很轻，读了，却让人满眼是泪。有一次和诗人单永珍说起，单永珍也很赏识，说他写人是最见功底的。我也觉得，至此，占祥的诗有了自己的特质。

除了诗歌，占祥很少写其他文体。占祥有一次开玩笑说，他要写小说，而且要写出一篇羞死小说家的小说，但一直没见写出来，我觉得写出来也好不到哪儿去。占祥是个有诗人气质的人，正如他的笔名马茹子，鲜艳而娇羞，张扬而锐利。他应该好好写诗，也一定能把诗写得很好。

评论诗歌，应该站在哲学的深度、美学的高度上阐释，或者要从知识、文化、传统进行思考，起码也应从语言、意象、技法上做点解析。对我这个不懂诗歌的人来说，评论诗歌是危险的事，是一件费力却不讨好的事。但写占祥、评占祥的诗，我却没有任何顾虑。说错了，说得不到位了，倒还希望占祥能骂我几句。能让占祥骂的人都是他看得起的人。

# 刘一澜：用听觉感知西藏，用诗意演绎天籁

早就听过歌曲《天上的西藏》，没想到与词作家刘一澜成了鲁迅文学院的同学。

本届高研班本来是以写小说的人为主的，写散文、诗歌的都很少，刘一澜是写歌词的，却来到这里，显得有些另类。他的衣着、说话、做事也和其他作家有些不同，也显出些另类来，但不像是刻意的，而是自然流露的。也许他本来就是另类的，我了解到，二十出头时，一头长发、一身奇装的刘一澜，就执意地从甘肃天水走进西藏，走进神秘和蛮荒，那该是一种另类。在西藏一待近二十年，写诗、写散文、写歌词，在文艺圈摸爬十多年，但他始终没有放弃思索人生、阅读哲学，那也该是一种另类。

刘一澜待人却不显另类，反倒显出一种成熟。他总是主动地与同学打招呼、交流，恰到好处地亲近；总能认真地阅读同

学的作品，谈论并恰如其分地评价。这为他赢得了不错的人气，被推举为班上的文艺委员，在短暂的四个月里组织了两次联欢活动，显示出良好的亲和力和组织力。他说，作家更应该学会关照自己，学会尊重他人，学会与社会和谐共处。我同意他的观点。

我们在一起谈文学、谈哲学，更多的是谈生活，甚至是谈金钱、名利。他也毫不忌讳对金钱和名利的追求。他说，文人不应是穷困潦倒的，应有舒适体面的生活。他说，四十岁前，他就要活得载歌载舞。这些话，乍听有些俗气，听不惯，细想也不无道理。

不仅是说话，大家认为他所从事的行业也有些俗气。从事纯文学的作家，对写影视剧的、写通俗文学的、写歌词的，都怀着羡慕、嫉妒，但却又认为那是有些俗气的。刘一澜自己却不这样认为，他说自己写的歌词就是诗，是颂歌，颂扬西藏、赞颂时代，贴近群众、贴近“主旋律”，同样是高雅的。刘一澜送给我一套他写的、出品的DV带，我听了，的确是雅俗共赏的。尤其是他写的那些歌词，充满诗意和哲思，词曲相配，高亢苍凉、激情盎然，又婉转深沉、纯洁明净。静听细思，你能感受到西藏雄奇的自然、高远的天空、庄严的神性和酣畅的人性。听着那些歌曲，我才感受到，刘一澜不是在简单地写歌，他是在用听觉感知西藏，用诗歌演绎天籁。

得知刘一澜在大量地阅读哲学著作，我问他，是不是西藏的安静和缓慢适合阅读哲学，适合思考。他说，完全不是，西藏并不是安静的、缓慢的，而是进步的、激情的，尤其是拉萨，非常开放、繁华、热闹，是颇具现代化的大都市。尤其是近些年来，国家的投入很大，各种设施几乎和内陆没有区别。刘一澜在说这些话的时候，对那块地方充满了自豪，对党和国家充满了感恩。我忽然明白了他“主旋律”的来历，他的颂歌是发自内心的，并不是所谓的“媚俗”。在这一点上，我反对那些所谓的精英，一边受着群众养育，一边却骂群众低俗；一边拿着俸禄，一边又做姿态骂着政府。相比刘一澜来说，这些人才是真正的低俗。

（《西藏日报》，2010 年 9 月 9 日）

# 不朽的是什么

## ——简评安昌河新作《我将不朽》

到鲁院，最早阅读的是安昌河的小说，读得最多的也是安昌河的小说。

首先阅读的是总题为《秦村往事》的三部:《乡村恶少》《肉米》和《遍地肋骨》，对安昌河构筑起的爱城、土镇、秦村等艺术家园中的离奇故事，产生了浓厚兴趣。接着阅读了安昌河的新作《我将不朽》，第一次读了大半夜，读了一半，后面就不敢那样读了，珍惜着，一天读一点，读了十天，每天都能读出惊喜。随后的日子，也一直放在床头，有时间就翻翻看看，也是每次都能翻出些新的惊喜。刚读完那会儿，很觉震撼，逢人便讲，逢人便推，后来慢慢沉淀，有了一些理性的看法，但谈起这部书，我还是有些兴奋，很难理性地言说。

我不敢说这部作品已经达到了怎样的高位，但就我有限的阅读经验来说，这是一部特立独行的书，是一部很少雷同于其他文本的书，是一部很难被淹没的书。

小说的框架是史诗的，或者说是历史的，但不是唐宋元明清的历史，不是公元纪年的历史，安昌河艺术地构筑起从混沌时代，到先知时代，到革命时代、光荣时代的一种独特历史。而时间，也是千年一瞬，又无限漫长，他写的是历史侧面的历史，时间旁边的时间。就这一点，小说已经具有了特质。

小说内容是乡村的、家族的，是集聚了几千年封建痼疾的乡村，是有着太多的血腥、太多的罪恶，又有着无限生命力的乡村，是一个即将消失但将不朽的乡村。在这样的乡村中，生存着黄、蓝、鲁、杜、曹、唐、白。一些家族，还有解梦者、嗜痛者、避战者、饕餮者、打洞者、地动者等奇异的家族。这些家族互相冲突又互相依存，在恩怨纠葛中形成一个接近真实的社会。

小说的叙述无疑是严肃的、传统的，但又是现代的、通俗的，有一种传奇的叙述基调，回归小说的本色功能，按安昌河自己的话说是好玩。“好玩”二字，表面上指的是可读性强，细究却人有深意，是去掉过多承载的勇气和力图有新担当的勇气。关于这部小说的叙述还有一点不得不说：小说是打开的、袒露的、开放的，可以从任何一点进入，也可以从任何一点出来，每一部分都是一个瑰丽的故事，许多小故事契合成一个大故事。这一点，使这部小说具有了畅销潜质。

小说的风貌是文学的、审美的，在文字、语感和结构等方面，都能看到训练有素的成熟。在写作过程中，还能感受到初生牛犊不畏虎的生猛，句式短简、节奏明快、推进快速，但又充满许多神来的、华彩的、让人不得不停下来的细节。这就使这部小说有了张弛，有了内在的节奏和韵律，有了欣赏的、研读的价值。

小说的主旨是反思的、暴露的。我们能看到许多怪癖和畸恋（有嗜痛、避战、饕餮、打洞，有分桃之恋、牙梳之恋），看到许多暗杀和刑罚（黑揍、闷棍、毒药、黑枪、点天灯、洗白、活棺），看到许多自然灾难（地震、麻风、毒痢），看到许多暴力、死亡和家丑，但同时，我们还看到许多活下去的理由、血缘延续的奇迹，看到生命的不朽和人性的不朽，我们有了彻骨之痛中的快感，寒冷之中的温暖。

这部小说最值得称道的是汪洋恣肆的想象力，小说密布着奇异的人物、奇异的场景、奇异的事件，充满了魔幻色彩。据说这些想象都是基于安昌河对那一片地方历史的潜心研究和对各种传说掌故的大量搜罗，是有根的飞翔，但构建出来的真实而奇幻的文本，还是给了读者巨大的阅读快感，也给了其他写作者巨大的压迫感。

我就明显地感受到这种压迫感，我们这些写作人，内心都或多或少有些狂傲，很少会服气别人的文字，但对安昌河的文字，我心里还是有些服气的。在随后的交往中，我才知道，安昌河虽然年纪不大，但还是有些经历，也有些思想的，对文学也有些独立见解，而且还存有一股豪气，或者说傲气。初听有些不惯，细想却是难得。在文学如此边缘，文人如此没有底气的情况下，保持点傲气，也是保存了点自尊，保留了点文学的尊严。

安昌河给书起名“不朽”，却不是因为自傲，而是在寻找，寻找那些不朽的东西，是历史以及历史侧面的，是时间以及时间旁边的，是人性以及与之相关的，是关于生命和死亡的。也许还有人类的记忆和想象，还有文学本身。

我们经历的每个时代，我们看到的城市和乡村，包括我们每个人，都在速朽或者不朽。不朽的是什么？安昌河在寻找，我们都在寻找。

# 986个问号

## ——简评宁肯新长篇小说《天·藏》

评论一部作品是很难的，特别是对一部长篇，一部很有分量、很有些学术意义的长篇，需要的不仅是一个评论体系，一套评论语言，还需要全面的学养。在试图给宁肯先生的《天·藏》写点简评的时候，我就遇到了很大的障碍。障碍来自作品本身，也来自我自己学养的不足和评论语汇的贫乏。

宁肯先生似乎也有了这种担心，在代后记中，通过对话的形式进行了一些阐述，而这些阐述并没有交给读者一把钥匙，反而把读者引入更深的思考和迷茫。从这个意义上说，代后记也成了作品的一部分，又是一层叙述。

无法从深层的或者宏大的层面进入作品，我就只能取巧，找到一个很小的点，用窥探的形式，尝试着对作品、也对宁肯先生的意图进行解读。

我在阅读时，很偶然地发现，作品中有很多问号，不只是对话问句中才出现，在叙述语言中也常出现。我数了数（用电脑帮忙数的，现代科技有时候真是个好东西），竟有986个之多。这些问号，似乎是作者经意或不经意而设置的屏风和迷宫，但却草蛇灰线似的，留下一些标记，使我找到了一线希望。

我先用宁肯先生的问号，问了第一个问题。

这是怎样的一部小说？

一部有着986个问号的小说，很显然不是外向的、经验式的、记录式的、表现式的、再现式的传统文本，而是内向的、内省的、思索的、拷问的观念文本。也就是说，作品具有现代性或者后现代性的特点。

循着问号，我先找到了第一个问句："何为真相？如果真相是无止境的，是否也可以说真相是不存在的？"这句话旁边的注释中还有一句话："我的写作不是讲述了一个人的故事，而是讲述了一个人的存在。毫无疑问，呈现一个人的故事是相对容易的，呈现一个人的存在几乎是不可能的——特别是像音乐一样的存在。"

宁肯先生在这部小说中，就在试图呈现一个人的存在，是书中的主人公王摩诘，或者是宁肯自己。这样的小说，在中国，还是相当少的，从这一点上说，这是一部有些颠覆意义的小说，是一部挑战中国读者阅读经验、挑战评论家评价经验的小说。就凭这一点，小说已经有了存在的价值。

这部小说试图告诉读者些什么？

一部30多万字的长篇小说，内容是很丰富的，意义也是多维的。我在努力地寻找那个最接近宁肯先生主旨的意义。我找到了一组问句："寻找一条大江的源头不容易，同样，知道一条小溪的归宿也不容易。小溪要去哪儿呢？它们汇入了哪条大河？或者大河的支流？最终它们在哪儿入海？寻找归宿的过程有时比寻找源头的过程更让人茫然。归宿常常消失，而源头永在。"

《天·藏》设置了西藏这样一个小说现场，却不是关于宗教的；设置了一对外国父子，设置了都市的人和西藏的人，却不是关于文化冲突的；设置了维格这样一个女性的回归，却不是寻根的。小说就是在寻找小溪的归宿——人心灵的归宿。小说中有句话回答了这个问题："回到朴素至真的世界。"

当然，这只是作品的主旨之一。

宁肯先生给读者设置了986个问题，也给自己设置了很多问题，第一个应该是关于叙述的问题，第二个是关于文本的问题。

关于这部小说的叙述方式，宁肯先生已经和我们谈过一些，在代后记中又进行了阐述，有多个层面的叙述。宁肯先生还在文本上进行了探索。不仅有传统的小说叙事，有些章节是散文化的语言，有些章节是诗的，还有的是民歌的，还有些是电影式的，叙述的节奏、句子的长短、语感和语势等方面，都有明显的变化。

比如第19节《金刚》，是急促的、刚劲的，全是短句："冬天。漫长的谈话。房间杯盘狼藉。王摩诘走了。许多次都是这样。许多个夜晚。今天差不多最晚。的确不应是晚安，是早安。已可以听到远处出村的牦牛‘哞哞’的叫声。维格毫无睡意。望着刚刚关上的房门，点上一支烟。吸了几口，又灭掉。”

比如第23节《印心·心印》，是缓慢的，几乎都是长句子：“维格的母亲——世界上最平静的女人。那种平静，不是寺院的平静，也不同于八角街清晨的平静。它难以形容，如果任何一种光泽下的水都是简单的，平静的，那么可以多少想象一下维格拉姆的样子。节日，老人身着盛装，深色藏袍拖到脚面，看不到脚，只能感到脚在袍子后面，因此移动起来无声无息。虽然身着盛装，老人却没有盘辫子，更无彩色发绳，发式仍是内地妇女的齐刷刷的短发，两边依然别着七十年代的黑卡子。”

比如第4节《白内障·月光》，是诗歌的语言：“前面有了树。一线矮树。一线矮树构成了简单的风景。简单的风景也是风景。谁知道矮树下会不会掩映着一条小河呢？或者一条大河的支流也未可知。结果就是。还没走到那线矮树，那简单的风景，就隐约看到了它的光，它弯曲的素净的影子：多么普通的小河啊，就像随便碰到的一个普通人。它的源头不会太远，也许就在附近，就在某个山顶上，可要找到它并不容易。”

当然，他给自己设置的问题远不止这两个，感觉宁肯的这部小说就是在不断地给自己设置问题和解决问题的过程中完成的，这个过程中充满了冒险和探索。

也正是冒险和探索成为这部作品的一大特色，虽然感觉有的地方刻意了些，但探索精神是可贵的。这种探索精神，不仅使作品具有了当下意义，还具有了流传下去的意义。

# 简评付秀莹、杨帆、杨怡芬、周瑄璞的小说

## 纯真的目光——付秀莹的视角

看了付秀莹的六篇小说，发现一个现象，无一例外，主人公都是一个小女孩，或者说用一个小女孩的视角看世界。《爱情到处流传》中的妮妮，《世事》中的小刁，《小米开花》中的小米，《翠缺》中的翠缺，《花好月圆》中的桃叶，《旧院》中的我，都是将要长大还没有长大的女孩子，青涩的女孩，拿她小说中的一句话说："小米拿起一个青蛋蛋咬了一口，酸，而且涩。"

这种小女孩的视角，使她整个作品有了独特的风貌。一些酸涩的事，在付秀莹的小说中，却有一种阳光照彻着。作品也因之显出绚丽的五彩，因为在小女孩的眼睛里，生活总是美好的。在我们童年的记忆里，所有的酸涩和苦难都有甜蜜的成分。

这种视角既是向内的，也是向外的。向内，使我们看到了

一个小女孩的成长，小家碧玉一样的含蓄，小小野花一样地盛开。向外，对当下正在发生着的人和事，“怀有一种静静的情感，美好，无邪”，让人感受到温暖。而对已经远去的，却有一种怀恋，“香醇，甘甜，那真是旧院的醉枣。而今，都远去了，再也寻觅不到了”，有点淡淡的忧伤。这也使她的小说语言显出一种细腻、温婉、弥漫的美感，叫人想到萧红的《呼兰河传》，想到林海音的《城南旧事》，也想到了付秀莹自己的说话、做事。

但，也正因为这种视角，反复地使用，使她的小说面貌显得单调，人物显得单一，这也许算一个缺陷。

## 飘逸和灵动——杨帆的语言

见过杨帆，听过她说话，看过她打球，就感觉她的小说语言应该是轻捷、灵动的，读了她的几篇小说，果然如此。杨帆的叙述语言像猎豹捕猎时的奔跑，时而舒展，时而跌宕，生动而有力，或者像小溪一样，时而奔流，时而回转，飘逸而灵动。她的小说给人运动的节奏感和阅读的快感。

杨帆是非常善于运用比喻的，这些比喻总是新鲜的、自然的，与上下文很贴切地融合在一起。比如：“她的背影像是冬天往玻璃上呵的一口气，很快就散淡了。”“妍燕像一个箭靶心，总是被许多男人的目光刺穿。”“四川婆像一个硕大的果冻，在两只干瘦的胳膊圈里一弹一弹，眼看她的愤怒就要撑破包围圈，妍燕赶上去加固阻力。"（《粉色》）这样巧妙的比喻在她的小说中随处可见。

杨帆还大量地运用通感。比如："老师讲课的声音像一只蜗牛，在她的想法之外慢慢地爬，慢慢地爬，直到下课铃响起，妍燕才一把将它抓回来，就像挽救一只快掉下课桌的蜗牛。""他得拉长这一夜，拉得跟巷口那家兰州拉面那么长。"（《老魏要成家》）"按说抽掉了领带，哭声该像长江三峡一样宽阔了。但瞿紫听到的是一条窄窄的带子，画个效果图的话，有点类似垂危病人的心电图，直线，划着尖锐的三角。""一直没有抬头，她还是感觉到了他微凉的眼神。他高大的上身一直挡在窗前，暗影投到她身上，也是微凉的。"（《瞿紫的阳台》）这样的句子给人许多回味。

杨帆的小说中还有一些幽默的、调侃的句子。如："她的鼻孔，两个都大，出气时显得怒气冲冲，几乎要把鼻翼掀掉。多么有生气的女人。""她这么望他的时候，小的那只眼在笑，大的在发怒。"（《老魏要成家》）这样的句子会使阅读显得轻松、愉快。

杨帆还很善于描写场景和情态，比如："诗人是半个秃顶，穿一件分布着不规则褶皱的麻色长衫，肩胛骨微微耸起。看上去他是那种饿了好几天的脸相，双颊下陷，灰黄色的眼睛闪着光，而她像是一顿美餐。"（《瞿紫的阳台》）"照片上这个剃着锅盖头的男子，瘦削脸，带着一股孤傲之气，朝母亲望着。母亲脸上渐渐凝聚了一种要哭的表情，这说明，她认出他了。她重新把它展开，看到男人皱巴巴的脸，她不能忍受地张大嘴呼吸着。”(《妈妈的男人》)

最值得一提的是，杨帆对颜色和气味非常敏感，黄色、紫色、粉色、黑色、黑中带红，甚至有蓝色的雨，白色的眼波，甚至她小说的题目、小说中人物的名字，都有颜色的，粉色、瞿紫、白丁，各种颜色，使她的小说色彩斑斓；狐臭味、香水味、苏打水味、浓烈的汗味、烟和酒的味道、男人的味道，还有暖和的味道，甚至“这气味有脚，有手，它占领你，进入你，却弄得你心甘情愿”，这又使她的小说五味杂陈。现在的很多小说中，不仅思想，连语言都显得很干瘪，很少有细致的颜色和气味的描写，杨帆的语言却显出一种绚烂，非常难得。

更为难得的是，杨帆小说中这样的描写并不是静止的、滞重的，而是流动的、轻灵的，并没有给阅读带来障碍，反而增加了阅读的情趣，时有灵光一现的感觉。

杨帆的小说语言也小有瑕疵，有些地方显得生硬、粗粝，语言与人物个性、叙述情景还不能很好地契合，尚需打磨。

## 老套中的新异——杨怡芬的小说情节

小说是需要故事的，编故事是聪明人做的事，杨怡芬是聪明的，所以她在小说中很会编故事，按她小说中的话说，她总能找到“老套故事里的新异之处”。

《迷藏》就是个第三者插足的老套故事。

故事开始，第三者就在处心积虑地打造一个隐秘的第三窟，目的是接近情人的家室。而这种接近却不是为了偷情的方便，就是想感知情人的家，了解情人的女人、孩子。这就又使读者对这个第三者有了同情。而她竟经人介绍，乔装进入情人家中做了帮工，给情人的妻子、孩子做饭，和情人的妻子同睡一张床，与她进行了一些交流，直到被大雪阻断的情人回来。第三者从情人家中带走了一床旧被子，却与情人像街上两个陌路人。

杨怡芬以第三者为视角，以探秘的形式，避免了第三者插足故事中无法回避的道德评价老套路，把第三者还原为一个人，从而也使故事引发对关于人类情感、人性秘藏的一些深层思索。

《纪念日》是一篇类似题材的小说，故事却另有风貌，可与《迷藏》比照阅读。

《比目鱼》是一个寡妇在新旧情感之间挣扎的故事。

故事开始，电视机第三次自动开机了。六点四十分，央视科技教育频道“百家讲坛”准时开始。节目是死去的丈夫生前喜欢看的，自动开机也是丈夫生前设定的。芹芹不会取消这个设定，也无法将丈夫生前使用过的一些东西去掉，包括沙发上比目鱼的靠垫。

妈妈希望她能开始新生活，给她安排多次相亲，或者说是杨怡芬的安排。杨怡芬接下来安排了芹芹与初恋男友的聚餐，聚餐中吃到了比目鱼，聚餐结束自然地又安排了唱歌，唱歌中却又安排了错进包厢。正是错进包厢，使芹芹邂逅了一个互相都有感觉的男人。唱歌、跳舞、喝酒之后，他们更加身心相吸，但却遇到了一个问题："我们去哪里呢？"两人到芹芹家，"门无声地开了，接着，灯也亮了，她妈妈脸色煞白地看着她，女儿蜷曲在沙发上睡着，这会儿，也抬起头来，她怀里抱着的，正是比目鱼。"

杨怡芬的故事中没有静静的思念，没有大段的内心独白，没有悲伤的描写，却在很热闹的一些场景设置中，讲述了一个女人走出旧情感、进入新情感的艰难与挣扎，还原出一个情感丰满的女人形象。

杨怡芬的故事并不总发生在城市，还有些发生在海上，她给这些故事设置了一个地名：长白岛。围绕长白岛，写的一些渔民生活的小说独具风貌，如《接班人》《追鱼》《鳗秧》等。海是辽阔的、迷人的，杨怡芬据此设置了一个个谜一样的故事。最典型的就是《追鱼》。《追鱼》是借鉴了先锋叙事技法的，是多点透视的，故事中套着故事，是故事与故事互相印证、互相生发的文本。长白岛、喇嘛庙、越剧、CD、韩剧、互联网、滴血认亲，这些看似不搭界的元素，共同构筑了一个现代和古老、城市和渔村、安静和喧哗、戏里戏外多元呈现的斑斓故事。人生如戏，但比戏更精彩、更无奈。小说中老先生说："你真是糊涂，戏大还是人大啊？”也许算是这篇小说的一个文眼。

任何事情都有两面，杨怡芬的故事是精巧的，但有些地方难免露出刻意设计的痕迹，这算是一个缺点吧。

### 细腻而敏感——周瑄璞的小说情感

读了周瑄璞的三篇小说，没有看到三秦文化的影子，她的小说是关于城市的，关于现代人的，关于城市里的芸芸众生和男人女人的事，是他们的生活和情感，特别是情感和欲望。

正如她有篇小说的题目就叫《关系》一样，周瑄璞是善于写人物关系的，尤其是男女情感，小说中的人物总处在情感纠结中，都是剪不断、理还乱的那种。

《关系》的开头就写：“两年来，孙彩云都在考虑要不要结束和陈九金的关系。当她决定继续委身于他时，就愤愤不平于他的无情无耻，当她决心要愤而离去时，从内心涌出的是对他的无法舍弃。”

故事就是孙彩云怀着一种深深的忧伤和自卑，回忆她和情人长达六年的情感。她对每个细节都记得很完整，使读者看到一个细腻而敏感的女人，一个把感情看得很重的女人。而情人“其实已经对她疲倦了，他不在乎自己的生活里有没有她，他不在乎她是不是生气是不是难过。只是她，还离不了他”，“明知道自己是要尊严的，可还是一次次离不了他”。她无法把自己从欲望都市中打捞出来。这样的女人是可爱的，甚至是可敬的，但在现代社会，她却是可怜的、可叹的。《关系》应该是这种女人的哀歌。

《失语》讲的是一个叫杜长征的男人和李兰心、王倩倩两个女人的情感纠葛。有趣的是，周瑄璞把女性的细腻和敏感投射到杜长征这个男性主人公身上，使杜长征非常敏感和多愁。面对爱文学、写诗歌的李兰心和聪明能干的推销员王倩倩时，他情感的天平总是在前者身上，但却与后者结婚又离婚，经常怀有“一个又一个的类似于爱情的情绪，但是离生活似乎很远”。他的感情很醇美，像诗句一样，“像河水一样自然地流淌”。这样的男人注定得不到爱情，也守不住家庭，但却是审美意义上的好男人，现代社会中已经绝版的男人，《失语》似乎是唱给这样的男人的挽歌。

《曼琴的四月》中的许曼琴生长在一个离异重组的家庭中，这样的家庭中成长的女孩子一般都内向而敏感，何况她十一岁的时候就撞见父亲偷情的场面，何况“爸爸打妈妈很厉害，拿皮带抽，有时候还把皮带沾上水抽，妈妈的身上总是带着伤”。她不仅感觉到人，甚至感觉“春天是有罪孽的，春天是下流恐怖的”。

“人不能选择自己的出身，但可以选择自己的生活。”三十一岁时，她终于结婚。本以为还会写到她婚后的情感经历，可小说笔锋一转，却更多地写到她的姐妹、弟兄、父母，写了他们的欲望和挣扎。年迈的父亲嫖娼被抓，原来是对曼琴母亲的报复，因为曼琴母亲年轻时跟过许多男人。母亲得了癌症，病痛损坏了她的身体，却打开了她的心结，她开始说她当年和那些男人的事，翻来覆去地说。还有曼琴的姐姐曼莉、弟弟百胜等，似乎是一个残破家庭的事，又是一个关于欲望、报应的事。故事复杂，故事中的人物感情复杂，周瑄璞的评判也复杂。她借故事中的人物说：“可不净是自己做的吗？老天有眼啊！”又说，“人活着为什么？不就图个风流快活吗？你去问问这路上的人，谁不想过得风流快活，他们心里都想，不敢说出来罢了。”还说，“难道人会为了年老时的所谓安宁，放弃眼前抓得着的风流快活吗？”

人性和欲望是难以完全说清的东西，不是用对和错可以评判的。《曼琴的四月》大概算是人生悲歌。

# ·第四辑 谈作说己·

# 文学的夏季

## ——中法作家“夏季小说”阅读交流会散记

应树才兄邀请，到法国文化交流中心参加中法作家“夏季小说”阅读交流会，我约宗利华、李辉、陈原同去。

行前，树才兄还发过来几位法国作家的简介，让我简单了解一下，为的是与他们更好地交流。树才兄是个非常周到细致的人。几位法国作家是：妙莉叶·芭贝里、阿尔玛·布拉米、亚尼克·亨奈尔、罗朗·莫维尼埃，其中有得过龚古尔文学奖的，还有得过其他文学大奖的，应该是当红的一线作家，但对他们的名字和作品，我感到陌生，这不是他们的原因，是我自己孤陋。

一直都对法国文学很敬重，是因为雨果、巴尔扎克、司汤达、萨特等人，法国现当代作家的作品，我还是读得太少。

活动主办方是法国驻华使馆，新任参赞参加了活动，活动由一位文化官员主持。他们对法国文学和几位作家都非常了解，主持、介绍、提问都非常专业，看来这样的活动他们是经常搞的。此前就听树才说过，法国使馆对法国文学的普及推广极为重视，看来果然如此。在这一点上，中国相对要滞后一些，或者还没有真正感觉到文化的重要性。我们总是在等待，等着别人来我们这里搜宝、取经。另外也说明，他们对我们的兴趣，远没有我们对西方的兴趣大。我们的文学中，还没有很多让他们敬重的人和作品。近年来，法国介绍中国文学是逐渐多了，一些好作家的作品，也被译介过去了，我的小说也被译介过，但整体销量还是不大，认可度还是不高。也许是我们向他们模仿得太多了，没有自己的特质。

奇怪的是，他们竟认可棉棉等人的作品！奇怪中也许蕴含着许多不奇怪的东西，是需要仔细琢磨的。

几位法国作家的模样不奇怪，中年的忧郁沧桑，年轻的活力四射，这和中国作家一样。他们的自我介绍和文学观念也并不奇怪，也是关于自由、创伤、孤独的一些表述，是人类共同的一些话题。看来在所谓高度自由的西方，人性中的不自由，还有孤独也是一样存在的。只是，他们的表述方式多变，也因此吸引了读者。我们需要学习的是变化，而不是变化成的形式。我本来想问些问题的，但感觉已经知道了，没必要再问了。

交流会后的酒会上，与一位叫美玲的法国汉学家、人类学家交谈，我却问了个很突兀的问题——人类学是站在西方的立场上，还是站在全人类的立场上？美玲女士尴尬地笑了一下，耸了耸肩膀。我其实已经有答案了，她也知道我有答案了。

又与树才兄几人交流了一会儿，前段时间同为中国作家代表团成员访问希腊，七八天时间，已经感受到树才的善良和纯净。交谈中还感受到他对文学尤其是对诗歌有着很好的见地，有些观点要比许多所谓的评论家的要高妙得多。宗利华几位听了，也非常赞同。回来的路上，他们对树才的人品、学问都非常赞叹。

路上，我想起了活动的主题——中法作家“夏季小说”阅读交流，又联想起前些天到希腊的一些见闻，忽然感觉到，不仅是法国、中国，全世界的文学都在经历着夏季，不是温热，而是酷暑，是一个激情的、繁殖的、混乱的夏季，一个生命力旺盛得近乎颓废的夏季，一个燥热烦闷得叫人无所适从的夏季。这样的夏季后面，也许就是个果实累累的秋天。

# 弘扬真善美是文学共同的主题

## ——在中巴文学主题相似性论坛上的发言

尊敬的巴基斯坦同人们：

大家好！

巴基斯坦是中国的友好邻邦，中巴两国人民之间有着深厚的传统友谊，尤其是近年来，两国之间的合作从政治、经济领域向文化、文学延伸，交往更加密切、更加深化。因此，中国人民希望了解巴基斯坦人民的思想、心理、风俗习惯和生活状态。我也一直想把目光越过喜马拉雅山，看看这个古老的民族，这个年轻的国家。我是一名中国作家，对巴基斯坦作家，更有一种亲近感，更有一种认识的渴望。每当在电视中，看到巴基斯坦的城镇和乡村，我感到与我所生活的中国西北很像，看到巴基斯坦的百姓，他们的动作神情也很像我的父老乡亲。

人们的种族不同、语言不同、居地不同，但最基本的情感是相似的，这种相似性构成了我们互相认识的基础，而不同点又是我们互相认识的兴趣所在。文学也是如此，虽然各国、各民族的历史文化不同，发生的故事不同，文学表达的方式不同，但文学的基本主题——对真善美的弘扬——是相似的，这也是各国文学之间认识和交流的基础。

对巴基斯坦文学，我了解不多。我最早读过一些巴基斯坦民间文学作品，比如《鹦鹉的故事》《花园与春天》，还有《毛拉·纳斯尔丁》。巴基斯坦民间文学丰富多彩，我只是读到很少的一部分，但就这一部分，已经能看出一些显著的特点。动物故事想象丰富，动物大多都带着鲜明的人性，展示了人类社会的复杂关系，批判人的贪婪、愚昧和无知，赞扬人的善良、智慧和勇气。爱情故事则反映青年男女冲破世俗阻力，大胆追求自由恋爱，表现了人们对美好生活的向往。还有很多民间传说和生活故事，比如《毛拉·纳斯尔丁》，通过幽默风趣的故事，表达了对剥削阶级的不满和对劳动人民的同情，嘲讽贪官昏庸、世态炎凉，鞭挞贪婪虚伪、自私狭隘，歌颂友情爱情，期望和平公正。

我还读过一些巴基斯坦现代短篇小说，比如勒齐娅·弗西赫·阿赫默德的《大妈》是一篇非常感人的小说。大妈没有生育，但忠厚、朴实和善良，把一生都献给二房的孩子们，一直到安静地死去。小说最后一句话是“善人的死也是与人为善的”，深切表现了作者对大妈的赞颂。中国也有很多这样善良的大妈，中国文学中也有很多这样伟大的母亲形象。

萨达特·哈桑·明都的《面纱》很有意思，由于面纱的遮蔽，一对青年男女的情感发生了波折，但面纱能遮住面容，却遮不住爱情，女孩大胆地回信了。小说中有句话："爱情对人类来说，真是不可缺少的东西。"男女之间的爱情真挚、美好，全世界的文学都在讴歌，真善美是文学共同的主题。

当然，世界上也存在着假恶丑，鞭挞假恶丑也是文学共同的主题。阿赫默德·纳迪姆·卡斯米的《特利比亚的劳伦斯》，讲富人老爷对穷人就像老鹰扑杀拉鹂鸟一样，剥削、鞭打，甚至强奸。这样残忍的老爷各国都有。中国文学中也有把富人老爷比作老鹰、硕鼠、猛虎的。小说的结尾处，穷人奋起反抗，把老爷的鹰弄死了，表现出巴基斯坦人民的反抗精神。

巴基斯坦人民还反对殖民、反对种族歧视、反对战争。易卜拉欣·杰利斯的《战争》、萨达特·哈桑·明都的《最后的敬礼》、阿赫默德·纳迪姆·卡斯米的《创伤》等作品，从不同的侧面表现了反对战争、渴望和平的主题。喀穆尔·阿巴斯·纳迪姆的小说《烟》中有一句话非常好："每一种语言都是可敬的，只有枪弹的语言是可憎的。"

反对战争、渴望和平，是人类共同的理想。中国人民也曾饱受侵略和战争之苦，对和平非常珍惜。近几十年，中国有了一个和平发展的环境，人民安居乐业，但中国作家、中国文学一直关注着战争与和平的主题。

当今世界，和平发展是主流，但战争并没有远离我们，还有很多人饱受战乱之苦。为此，我写了一篇小说《四个穆萨》。作品写了四个叫穆萨的同名人。叙利亚的穆萨身处内乱，妻子受辱，儿子受伤，绝望地呼喊着。阿富汗的穆萨在战乱中失去了家人，失去了自我，走上不归路。中国的穆萨生活中也有很多的不如意，家庭中也发生了矛盾。还有一个穆萨就是我。我感受到了他们的疼痛和无奈，不仅因为他们和我有相同的追求，更重要的是，他们和我一样，都是人。我希望所有的人都远离战争，我坚信世界是可以更美好的。

我相信，巴基斯坦的未来也会更美好。我最近读到一部巴基斯坦作家阿里·塞西的长篇小说《祈愿者》。在这本书里，我看到巴基斯坦青年一代的成长、觉醒，看到了巴基斯坦的发展、变化，看到了当代巴基斯坦人民对美好生活的向往。中国人民也正在努力发展经济、消除贫困、改善生活条件，并努力实现中华民族伟大复兴的中国梦。在相同的道路上，两国人民应该携手并进，两国文学也应该携手并进。

《祈愿者》这本书的题记中说："了解另一个灵魂是艰巨的。"了解另一个民族、另一种文化、另一种文学更是非常艰巨的，但我们只要有认识的渴望、了解的基础，中巴文学交流就会不断深入，并推动两国友好关系的发展，加深两国人民的传统友谊。

谢谢大家！

# 短篇十年说“艰难”

从2001年发表第一个短篇算起，至今整整十年。其间除一个中篇外，写的全是短篇（2003年出版的长篇《孤独成双》是2000年写的）。好坏都算上，有五六十个。十年时间，说长也不长，说短也不短。五六十个短篇，说少也不少，说多也不多。写到这种时候，前有大家如山，后有新秀如潮——比作打仗，就是前有堵截，后有围追，前途茫茫；比作人生，就是上有老，下有小，人到中年。而我也已到中年了，还没写出个啥名堂，有时真有些气馁，想就此搁笔不写了。

搁笔也不易，爱好这个。爱好比爱情更难放下，只能艰难地写下去。

艰难是实话。写小说难，写短篇小说更难，这是大家的共识。难在篇幅字数有限，结构情节限制，不能注水，不能铺张，还要字字锋利，如刀如刃，句句蕴藉，如歌如谣。还难在写短篇不能出名，不能得利，于自己升迁无用，于家庭生计无补。因此，有学者说，短篇是最纯粹的文学形式，最能体现文学理想和文学尊严。这种观点顺带对写短篇的人也有了敬意，让写短篇的人都有了自豪。

对我来说，长篇、中篇、短篇都写过，也没有啥可自豪的。我的看法是，长篇、中篇、短篇一样都很纯粹，一样都很难写，区别仅仅在结构不同，长短不同，与纯粹和掺水、难写和易写无关。各种文体都有精品，也有糟粕，作家选择哪种文体，不是可敬与否的前提，作品质量才是有无尊严的标准。专写长篇或中篇写得很好的，都很可敬。我这十年，专写短篇，也不是冲着短篇的纯粹，更不是冲着写短篇的可敬而去的。主要原因是工作忙，大块的闲暇时间少，只能写点短篇。也是心里好这一口，和嗜烟嗜酒一样；也只能拿出这一手，和陈尧咨射箭、卖油翁酌油一样，手熟罢了。写短篇熟门熟路，不至于太寒碜。

每个人才情禀赋不同，兴趣爱好不同，选择的文体也可以不同。散文诗歌小说，长篇中篇短篇，作品有质量高低之别，文体无尊卑贵贱之分，擅长哪个，就写哪个，不必强求。

写好一种文体，就不容易了。我写了十年短篇，感觉越写越不会写了。这不是自谦，不是矫情，而是实实在在山一样横亘在眼前的困惑。有时想想，不光是我，常写短篇的人，大约都面临过和我一样的困惑。可困难就如疼痛，之于别人，似乎要轻些，也容易过去；加之自己，总是难以忍受，也难以克服。

就我的体会，短篇难写，最难的是“大小”，就是把大事化小，小事放大。“短篇小说”四个字，反过来是“片段”“说小”，就是要从小处找事，向小处说事，说小处大事。文学对现实的关注，对人性的观照，对生命的尊重，对万物的悲悯，这些大事，都要化在尺幅方寸之间，数千文字之中，就如小蛇吞象、净瓶装天一样，弄不好，就砸锅了，小说不成小说，倒成了新闻报道，成了政治、宗教、观念的传声筒。反过来的另一面，特定的时空片段、瞬间细节，则需要放大，大到能安放得下人生百味、人性善恶、文学信仰。片段切割得不好，就成了经验堆砌，成了庸常故事的刻板复述。我写过一个短篇《害口》，想反映城乡二元方面的事，刻画了桃花、杏花一对小姐妹，一个嫁给了城里人，一个嫁给了农村小伙，两人同时怀孕害口了，都想吃酸的凉的。桃花的丈夫在城里杏花家开的饭馆打工，桃花希望他回来时能带回点城里的冰淇淋啥的，没想到丈夫回来却给老板娘杏花找来农村的酸菜凉粉。桃花误以为是给她的，就把凉粉吃了，却惹得丈夫发火，还推了一下她。桃花跌了一跤，流产了。很大的一个问题，通过两个女人的怀孕害口表现出来了，“大事化小”上比较成功。还有一篇《捋脸》，写农村捋脸师傅兰花给曾经的情敌菊花捋脸，她想借机在菊花的脸上划出一道口子，叫她结不成婚。但她在捋脸的过程中，从菊花的脸上读出了许多人生的悲喜，最终没有忍心割破菊花的脸，表现出农村女性质朴、善良、温润及无以言说的美。有论者说是“小脸面扯出大人生”，是“小中见大”上处理比较好的。

短篇难写，也难在“虚实”，即如何把实事虚化，虚意落实。民间有句骂人的话，说那人就像个棒槌。得这种骂名的人，就是实诚过头成傻子了。做人如此，写小说也一样，需要实诚，但实诚过头，就成傻子了。短篇小说尤其要处理好虚实，既要有烟火之味，又要有空灵之气。我写过一篇《狗村长》，是想反映农村青壮年劳力都到城里打工，村子空壳，只剩老人妇女孩子的事。我选择用一条狗的视觉，对实事进行虚化。德成老汉病倒了，企盼有人进来把他病倒的消息告诉给外地的儿女，可是一周时间，一个人也没有进来，只有马三家的黄狗早晚来一趟，最后还给老人叼来只兔子。不仅如此，一个女人在山上给羊找草，一个货郎要奸污她，没人救她，是黄狗用嘴救下了。一个晚上，几个偷牛贼公然偷走村里人家的耕牛，没人能拦挡，又是黄狗从偷牛贼手里为村民夺下几条耕牛。黄狗扮起了村长的角色，是一种虚化，也是一种反讽。还有一篇《药引子》，在虚意实化上，处理较好。大致情节是：一位海归教授得病了，西医查不出，没办法找了个老中医看了，开的药方不奇，怪的是“药引子”——干净的黄土。这就有些虚，但我把教授一遍又一遍寻找黄土的事，写得很实。教授最后跑到千里外的山里，找来了干净黄土，要给那位老中医检验，却又找不到了。又虚了一下。

短篇难写，还难在“厚薄”，就是长期积累，厚积薄发。短篇写的小事、片段，绝不是俯拾即是，也需要长期积累。积累和构思的难度，不在长篇之下。我愚笨些，一个短篇，常常要构思数月，甚至数年。《你还我的石头》一篇，心里就装了六年之久。2004年，到新疆去参加一个笔会。活动间隙，约了几位朋友，去拜谒一位先贤陵墓。途经一个河滩，捡了些石头，宝贝似的装在背包里。到了墓地，却赫然发现，几百座坟墓上都摆满了石头，形状、花色比我们捡到的石头要好看得多。上完了坟，快走出墓地时，我们都悄悄把背包里的石头掏出来扔掉了。一个朋友笑着说，还不如把坟头上的石头拿几块呢，并作势要拿一个坟头上的石头。正好一个朋友打电话，我就说，你拿去了，要是半夜有电话打来，问你要人家坟头上的石头，看你咋办。那位朋友突然缩回手，脸都吓黄了。我当时就心里一动，想写篇小说。可直到去年，才写出来。积淀厚了，构思熟了，下笔要凝心聚力，一气呵成，才能气韵贯通。

还有一难，难于上青天，原因是我自己尚未解决，就是“新旧”问题，保持自我、创新突破的问题。不管写哪种文体，要形成风格，就很不易，需要浸淫多年才行。要想突破自我，篇篇求新，更加困难。一般以为，写短篇，船小好掉头。实际上，短篇求新，难上加难。我被这事困扰已有三年之久。缘由是小说集《换水》的出版——烦恼是自找的，这话一点儿不假。把多年创作的小说结集出版，在一个业余作者，本来就是喜事，加之开了研讨会，得到了很多溢美之词，的确热闹了一阵，自喜了一段。但热闹过后，往往就是落寞。尘埃稍定，我自己又翻看了一遍，却发现了很多问题。

最大的问题是雷同，每篇单看都不错，放在一起就重复了。其次是平行，2003年的小说与2008年的小说，看上去一个样，没有提高，没有创新。为此，我报名到鲁院上学，听了许多专家的讲座，与老师、同学交流也不少，还是没能破解疑惑。回来后，看《聊斋志异》《红楼梦》，看卡福、看奈保尔，想从中外名著中得到点启发，获得点借鉴，也不能恍然顿悟。又试着写中篇、长篇，想换换手气，也不见效。难则难矣，我还在慢慢探索。

深浅、肥瘦之类，也是需要仔细把握的，限于篇幅，不一一赘述。

另有一难，我至今也还在探索，就是“短长”，如何先把文字拉长，再把文字压短。一个短篇，一般在万字左右。初学短篇，难在把小事写大，细节写足，文字拉长。写些年，就会明白短篇贵在精短，字字珠玑，想把小说中的水分挤干，杂质剔除，文字压短。从去年开始，我试着写了些四千字左右的小短篇，算是一种探索，到底如何，自己也没把握。这里选发的几篇就是，请批评指导。

（本文系作者为《十月·小说新干线》选发的一组小说所撰写的创作谈）

# 河的比喻

## ——关于文学地域性书写

我的写作一直与一条河有关。河并不著名，叫清水河，是宁夏境内的一条小河，发源于六盘山，流经苦甲天下的西海固、水贵如油的干旱区，最终流入黄河。我就出生在清水河边，在清水河里泡大了，自然就写这条河，写生息在河边的我的同族、我的亲人。

清水河是清浅的、苦涩的，清水河边生活的人们是隐忍的、柔顺的。很难说清是清水河造就了这些人，还是这些人选择了清水河。一个地方和一群人，往往就是这样水乳交融的。书写这些人，自然就带有地域性。我写《孤独成双》《女人的河》《口弦子奶奶》《害口》等，就写这一方人，自然也就写了清水河。直到有一天，我惊奇地发现，我写下的几乎所有的小说，不管是长篇还是中短篇，里面都有这条河。别人当然也看出来了，说我“发现了清水河文学地理”，是清水河的书写者。把一条小河划给我，有一块自己的文学地盘，是令人欣喜的，也多少有些不甘。想想也释然了，海明威写大海，我没有他们的格局和气量，有一条清水河可写，已经很好了。

写清水河、写这一带人民生活的还大有人在。但写同一个地方、同一群人，我们却写出了不同的味道。有一回和石舒清也说到了这个现象。

文化的奇妙处还在于，没有人是一种单一文化的传承者，没有人说得清自己文化传承中究竟有哪些来源。这正如一条河，没有人能分得清，在一条河里，哪一滴水是雪花融化的，哪一滴水是雨水汇集的；哪一股水是亘古的地下冒出来的，哪一股水是现时的雨雪聚起来的。就是雨雪，谁又能说得清，形成它们的云，是太平洋上刮来的，还是印度洋上飘来的。它们共同融进一条河里，成了河的一部分。同样地，我的文化传承和文学素养，既有中国传统文化的元素，也有西方文化的元素，还有许多说不清来由的元素。所以，如果单纯地认定我是清水河的书写者，是不准确的。每一个地域的书写者，同时也是世界的书写者。

地域的书写者往往不自知，或者说不自信，都渴望成为世界的书写者。我也一样。小说集《换水》出版后，我有些沮丧（这回不是惊奇了）地感到，我写了太多相似的故事、相似的人，写了太多的清水河。尽管在小说集的后记里写下过“走不出清水河，像走不出一段爱情；走不出清水河，像走不出一种宿命”的话，但我还是尝试改变。为此，我到鲁院去学习，回来后把工作也调到了首府银川，写作的笔触伸向了城市，写作的方法也尽量西化，写下了《你还我的石头》《药引子》这样的一些小说。当地的朋友、鲁迅文学院的同学，看到我文风大变，都劝我别丢了自己，我却不管不顾，继续探索、尝试。可探索并不成功，尝试遭遇了障碍。在苦闷中，我又开始想念“我的”清水河，回望“我的”清水河。

因为我的书写，这条河被更多的人知道了。有个朋友来宁夏，打电话给我说：“我看到了你的清水河！”他说“你的”时，他说得很兴奋，我听得很惶恐。清水河不仅是我的，是两岸人民的，也是世界的。法国汉学家安波兰来宁夏看我，也点名要看看清水河，因为她翻译的我的几篇小说里都写到了清水河。她用还算流利的汉语说：“她一定是一条美丽的河！”由于时间太紧，我只带她看了黄河，没能带她看清水河。其实也不全是时间紧的原因，在我内心深处，还潜藏着黄河能拿得出手，清水河拿不出手的意思。而在安波兰，大约不是这样的想法。相比承载着太多文化内涵、太多普遍认同的黄河，她对不知名的清水河更有兴趣（这也许是她喜欢我的清水河系列小说的原因）。上飞机的时候，她还说，没有看到“我的”清水河，非常遗憾。她是有些遗憾，在我，却有些庆幸。那样的一条小河，她看到了，也许会很失望的。

我们总是有着这样的担心，怕我们的东西、我们的文学不被西方理解，不被西方接受。所以，拼着命地用西方的观念、西方的方式来书写。这样做的结果，不仅不被西方人接受，反而被西方人轻视。老跟在别人的后面，当然只能被人侧目，而不会被正眼看了。有个法国记者也问过我："你觉得，你的作品会被法国人接受吗？"我说："我们中国的读者很容易接受雨果、巴尔扎克。"人类的心灵是共通的，文学也是共通的，不管是地域书写，还是世界书写。

地域书写绝不意味着封闭和排斥，恰恰意味着认识和接受。文化、文学的多样化，才构成了互相吸引、互相认识的基础。

不同的文学之间是可以互相认识和接受的。我们一边坚持地域性书写，一边要认识和接受。坚持地域性书写，需要的是用最洋的方法写最土的事情，用最普遍的价值观照最独特的人群，这才是成功的关键。地域性书写者也不必盲目地追求所谓的世界性，因为，正是所有的地域性书写才汇成了世界性书写。这正如一条河，不管多么细小，地处多么偏僻，最终都要流向大海、流进大海。而在大海里，分不清，也不必要分清，哪股水是从哪一条河里流进去的。

# 小说更应该写有可能发生的事

2016年底，拙作《拯救者》出版。这是一部虚构的小说。但要说完全虚构，也不是。我觉得，小说不一定要写已经发生的事，而是要写有可能会发生的事。2010年发生在菲律宾的香港人质事件对我触动很大，促使我构思写作了这部小说。故事的基本框架也是刻意模仿那个事件，所以编故事倒省了力气，我只是把生活中观察到的一些人、一些事，还有我对现实人生的一些思考，都放进这样一个故事中去了。实际上，对作家来说，编故事并不重要，重要的还是观察和描摹生活，塑造典型形象，写出新颖的作品来。

所以，我想尝试写一部与自己以往作品不一样的作品。劫持事件只是个外壳，主要还是写人，各式各样的人，有求职艰难的大学生，有婚姻危机的中年人，有孤独的空巢老人，有打工得病的农民工，几乎涵盖了社会各个阶层。这些人聚集在旅游大巴上，共同面临着被劫持的局面，每个人又有各自的故事，这些故事经纬交叉，就显得紧张、刺激、新鲜、好看。当然了，这并不是这部小说的全部追求。

设置了被劫持的大巴这样一个封闭的环境，又只有几个小时的时间，在这样狭窄的时空里，完成一个长篇小说，难度还是很大的。作家也应该给自己的创作设置一定的难度。所以，这部小说从2010年就开始写，到2015年才写完，先后用了5年时间。时空狭窄，限制很大，最初进行得很缓慢。有一天，忽然想到让每个人都站出来说话，甚至是各种物也出来说话，多视角叙述，这才完全打开了，豁然开朗了。新与旧、窄与宽往往是相对的，窄到极致也就宽到极致。但就在写了一部分之后，我看到了帕慕克的《我的名字叫红》，多视角运用到了极致，一种颜色都出来说话，这叫我感到很沮丧，想放弃不写了。

放了一个阶段后，我自己给这部作品找优点，找立足点。这部作品把网民作为一个集体和个体的混合体来表现，引用了大量的网民评论。网民已经是现代社会的一个很重要的群体，他们的言行对社会事件的影响很大，直接和间接地干预着社会事件的发展进程，影响着人们的情绪。小说发展到现在，故事可以说写完了，叙述方式也几乎用完了。一部小说中，能有一点新发现，已经不容易了。因此，我又鼓足勇气写出来了。

我试图通过这样一个故事，反映当下的现实人生百态，揭示现代人的生存困境和精神困境。故事中的人，有的要拯救朋友，有的要拯救婚姻，有的要拯救爱情，有的要拯救孩子，还有的要拯救家园，结果却是，谁都无法拯救别人，也无法拯救自己。小说采取的是事后追述的形式，人称转换灵活，第一、第二、第三人称交错使用，亲历、叙述、转述，使用多个叙述层级，表现手法、作品面貌与我以前的作品相比，有了很大的不同。

作品出版后，看过的朋友都说与我以前的作品大不同。有位评论家甚至开玩笑说，这部小说不像是我写的。他们这样说，是有道理的。我一直都写的是清水河一带农村的故事，或者是农民工进城的故事，偶尔写点城市题材的作品。而这部小说不光是突破了我以往的写作题材，更重要的是，叙述方式、叙述语言也有很大的变化。但实质上，这部小说与我过去的作品还是有着内在的联系，关注社会、关注底层，这样的基本精神没有改变。

我的文学理想也没有改变。作品设置一个极端的环境，反映社会的许多问题，并不是要把错误归结于谁，也不是想告诉人们，谁才是我们的拯救者，而是为了探讨在极端情况下的人性表现、人的自我救赎心理和文学的救赎功能。文学是可以救赎的，文学也是需要给人光明的。相信人类、相信生活是可以更美好的，这是作品的主旨。

当下社会，有了巨大的发展和进步，但同时存在着很多的问题。这些问题不是单方面造成的，有着极其复杂的原因。可以说，是我们每个人共同造成的。发生在千里之外的事情，与我们有关；发生在世界各地的事，也与我们有关。中国问题、地球问题，与我们每个人息息相关。要想解决这些问题，我们每个人都责无旁贷。只有共同努力，才能拯救自己。当然了，拯救的意义还不止这些，还需要读者朋友自己阅读、体会。谁是我们的拯救者，我无法回答，但我相信世界一定会更好。